U0451667

Mad, Bad, Dangerous to Know:
The Fathers of Wilde, Yeats and Joyce

王尔德、叶芝、乔伊斯与他们的父亲

[爱尔兰] 科尔姆·托宾　著

张　芸　译

上海译文出版社

献给玛丽-凯·维尔梅斯

目 录

自 序 ……001

维多利亚女王时代的闻人：威廉·王尔德爵士 ……001
约翰·B.叶芝：西二十九街的浪子 ……065
两位男高音：詹姆斯·乔伊斯和他的父亲 ……131

致 谢 ……180

自 序

都柏林的有些街道让人觉得格外厚重，在这座城市生活得越久，零散的回忆和联想累积得越多，这份厚重感就变得越具层次。内心的想法随时间而渐趋复杂丰富，发生更多关联。有时，都柏林的这种氛围会因历史和书本而大大加剧。

不过，在忙碌的日子里，人们依旧可能走进位于奥康奈尔街的邮政总局，去寄封信或买张电视许可证，而起初压根儿没想到把这间邮局当作司令部的一九一六年起义，或是领导这场起义的麦克多纳和麦克布赖德、康诺利和皮尔斯，抑或叶芝的诗：

> 当皮尔斯把库丘林召唤到他身边，
> 什么人阔步走过邮政局？什么才能，
> 什么计算、数字、测量给予了回答？①

然后我转身，看见神话中的爱尔兰勇士库丘林的雕像，这座雕像出自奥利弗·谢泼德之手，竖立在这间邮局里，我记起塞缪尔·贝克特曾请他的朋友康·利文撒尔亲自"去都柏林邮政总局，测量从地面到库丘林屁股的高度"，因为在贝克特的小说《莫菲》里，尼瑞想要以头撞击库丘林铜像的屁股。这样一来，那颗无所事事或只琢磨着日常生活之弊病的头脑，可以因英雄、历史和疯子而伤伤神。

沿韦斯特兰路走到头，在皮尔斯街和隆巴德街相交的拐角有一间现已关闭的爱尔兰银行分行，我在那儿开有账户，所以以前经常走着去那儿。有些日子，我在途中路过位于基尔代尔街的国家图书馆，脑中会闪过利奥波德·布卢姆、《基尔肯尼人民报》、斯蒂芬·代达勒斯和哈姆雷特父亲的鬼魂。在一九七三年至一九七五年的两年间，我几乎每个工作日都在国家图书馆学习，因此我会沉思，是谁在一九七五年的春天偷了我的黄色自行车，继而好奇，他们现在是不是还生产一种名叫"哈姆扎"的保加利亚葡萄酒，当年，马路对面的巴斯韦尔斯旅馆以很便宜的价格按杯供应这种酒。或者我会记起有一日，我和一个朋友站在图书馆的大门——就是乔伊斯在《一个青年艺术家的画像》里所写的大门——外抽烟，我的朋友望着爱尔兰国会下议院的停车场，形容当时一位声名显赫的政客布赖恩·勒尼汉的头发像是被用某种古老的工艺手法烫出的名副其实的波浪卷。抑或我会回想起，一九七八年我从西班牙归来，发现整个都柏林只有一台真正意义上的咖啡机，在位于南安妮街的咖啡小馆，心中觉得不可思议。

接着我转入南莱茵斯特街，一九七四年发生爆炸案的地方，

---

① 摘自叶芝的诗歌《雕像》，译文采用的是2012年湖南文艺出版社出版、袁可嘉翻译的《叶芝诗选》里的版本，下文引用到的《两棵树》《他诉说十全的美》《当你老了》《塔楼》《狂野的老坏蛋》《鬼魂》《你满足了吗》《激刺》《一亩青草地》《为老年祈祷》《对她的赞美》亦同。

我试图回忆那起事件造成的确切死亡人数，纳闷那儿为什么没有纪念碑，然后又试图回忆那个星期五下午的向晚时分，当我坐在国家图书馆的阅览室里时，听到的爆炸声是怎样的。事实上，我没有听见什么；我听到更多的是事后的沉寂，留在我记忆中远更清晰的是那晚余下的时光，全城陷入狂乱、恐慌，我用夹杂了怀疑、惧怕和不可置信的目光注视每一辆停放着的汽车，然后在位于巴戈特街的托纳酒吧喝酒喝到清晨，电台里播着大提琴的音乐，每当有新闻简报出来时，乐声停止，一片安静。

然后，当南莱茵斯特街变成林肯巷的拐角映入眼帘时，我隐约注意到马路对面那栋建筑山墙上的招牌，上面写着"芬尼旅馆"。说来奇怪，那个招牌并未褪色。詹姆斯·乔伊斯有两本书出自于此，或至少第二本的书名源于此。芬尼。芬尼根。一九〇四年六月十日，他正是在这儿邂逅了在这家旅馆工作的诺拉·巴娜科。两个年轻的陌生人四目相对，停下交谈，他们约定四天后再见，地点在威廉·王尔德爵士和他妻子斯佩兰扎曾经居住的宅第外，他们的儿子奥斯卡也是在那栋房子里被抚养长大，逝于乔伊斯和诺拉相识的四年前。

六月十四日，诺拉没有如约和乔伊斯见面，乔伊斯热切地写信给她，恳求再约一次："我也许是瞎了。我盯着一头红褐色的头发看了良久，终于确定那个人不是你。我沮丧万分地回家。我想再约个时间，但那么做恐怕不合你的意。但愿你能大发善心，与我定个约会——若你不曾忘记我的话。"那日晚些时候，他又写道："我的耳边全是你的声音……我真希望感觉你的头靠在我的肩上。"六月十六日,他们第一次外出约会,他们的故事从这天开始,《尤利西斯》的时间也是设定在这一天。我想,幸好他们约会的日子不是在十一月中;那样的话,这本小说估计会薄很多。也幸好不是在复活节前的星期五,那时候这一天酒吧通常关门。想到在复活节前的星期五酒吧关门、禁止卖酒,我脑中一个念头一闪而过:没酒喝,真是渴死人了,堪比耶稣受难。尤其像临近终了时。从他肋部伤口流出的只有水了。

*

从诺拉工作的旅馆到王尔德的住所之间的那条街叫克莱尔街。塞缪尔·贝克特父亲的工程造价咨询事务所就开在这条街六号,但这儿没有牌匾。一九三三年父亲死后,塞缪尔·贝克特的哥哥接管了事务所,而当时游手好闲的贝克特本人则住进那栋房子的阁楼。和每个游手好闲的人一样,他立下许多承诺;这些承诺既是对他自己,也是对他母亲立下的。他向自己保证,他要写作,他向他的母亲保证,他会教语言课。可他基本什么也没干。若有一块牌匾,或可贴切地写上:"此处是塞缪尔·贝克特无甚作为的地方。"

贝克特是和王尔德、叶芝一样的新教教徒中的天才人物,在他们那些拥有土地、权势和金钱的同仁接连离开爱尔兰或学会缄口不言之际,他们却决意要写下内心的想法。他们来自各个不同的社会阶层。地位最高的是格雷戈里夫人,她有一栋大宅和众多佃户；其次是约翰·米林顿·辛格，和贝克特、王尔德一样，他有一小笔非劳动收入，加上一段记忆中辉煌的过去；再次是 W.B. 叶芝，他一辈子辛勤工作；同样还有清贫的布拉姆·斯托克和萧伯纳。最后是肖恩·奥凯西，他家境贫寒以致差点失明。他们全都受洗加入完全脱离罗马天主教而严格奉行新教的教会。但他们根本不信那套东西，除了可怜的格雷戈里夫人，她的确期盼有天堂的存在，以及奥凯西所持的共产主义，类似森严的教派——例如，他支持镇压一九五六年的布达佩斯起义——也算一种宗教。不信任何教义、却让自己的同胞村民恰恰因为那套你所不信奉的宗教而想把你赶去英国，这种经验想必怪诞。

大概正因为如此，他们中有几人对故作姿态、曲解事情、培养他们雄辩的文采和致力于保持沉默产生兴趣。奥斯卡·王尔德喜欢找出一组公认的事实、然后将这些事实猛地反转，萧伯纳喜欢悖论，比他们晚离乡去国的伊丽莎白·鲍恩更钟情爱尔兰海，原因想必正出于此。

我转入韦斯特兰路，经过斯威尼药房，然后继续朝银行走去。我以前的银行经理比米什先生现已退休，他在别人都不肯借钱给我时向我伸出过援手。塞缪尔·贝克特也有一个姓比米什的朋友，诺埃尔·比米什，战争期间，这位爱尔兰妇女与他住在法国的同一个村子，把她长长、实用的大裤衩与比她年轻的情人的带褶边的小内裤并排晾在一起。

好多东西消失不见；好多东西留在记忆里。那间银行不在了，那栋楼被用作他途，同样还有昔日的学院电影院，曾经是老音乐厅,乔伊斯在那儿唱过歌,他的短篇小说《母亲》以那儿为背景。一九七五年春,我和我的朋友格里·麦克纳马拉在那家电影院看了费里尼的《阿玛柯德》。那年头,爱尔兰电影审查局惯常用剪刀剪去影片中的色情场景,因此直至数年后,我才得以看到片中意大利男孩人人自慰的片段。这一情节在当时被认为不适合我们观看。

格里在二十余年前已去世,我的朋友安东尼·克罗宁两年多前也走了,正是他推荐我去那家银行,并提醒我,假如比米什先生贷款给我的话,不要再得寸进尺。二十世纪八十年代末,他与作家安妮·哈弗蒂——他们后来结了婚——从伦敦归来,在离此处几步之遥的莫根尼斯坊住过一段时间。他钟情于这儿的街道和巷弄,尤爱街角。他早期有一首诗,名叫《喜欢街角》,这首诗歌颂的场所

> 有角落收集灰尘和阳光——
> 温暖的砖、温暖的平行交错的石块和玻璃碎片
> 整个下午的微小细节……

在此居住的那些年里,他写了一首情诗给安妮,名叫《幸福》,描绘他沿韦斯特兰路回家的情形。那首诗的开篇:

> 有时,沿韦斯特兰路一边走
> 一边想着安妮就在他前方
> 他感到幸福无比,

> 他宛如一个行走的水罐
> 满得快要溢出来。

我思念他的怀疑主义、他的独立思考精神、他有多么风趣。一次,在看了一出甚是热闹、没什么情节也无幕间休息的戏——一场人人盛赞的演出——后,他对我说,这出戏给他的心灵蒙上了永久的阴影。"永久的?"我问他,"你确定?"他坚称他确信无疑,他敢打包票:那伤害是永久性的。接着他的眼中露出一丝慢慢浮现的笑意,庆祝至少我们现在已走出剧院,告别那从头至尾糟糕的编舞和在台上四处乱跑的演员。"噢,当我发现没有幕间休息时,"他呵呵一笑,"我便知道这伤害将是永久性的。那出戏给我的心灵蒙上了永久的阴影。"他假装绝望地摇摇头。

我在距此地往南两小时车程的一座小镇长大,那儿也是安东尼·克罗宁的家乡,我小时候,从罗斯莱尔出发的火车在韦斯特兰路和这座城市北面的亚眠街有停靠站。因此这条路是我走进都柏林的入口。我不记得当时我到底几岁,但应尚年幼,相信要过马路,必须先朝左看、再朝右看、然后再朝左看,却被我的父亲在正要横穿韦斯特兰路时告知,这条规则在都柏林并不适用,假如车子在很远处,那么即便是冲着你驶来,事实上也可以快速地穿过马路。

韦斯特兰路也是从都柏林南面到市中心上班的那些人的一个通勤停靠站。这些通勤者中有诗人托马斯·金塞拉,他在梅里恩街的财政部工作。他的诗《韦斯特兰路》收录在他一九六八年出

版的诗集《梦游者》里,这首诗刻画了从车站月台下来、走到下面街上的感觉:

> 我们沿坡道,穿过一阵阵打转的寒风和沙子
> 在昏暗中朝外面的亮光走去,我们的耳朵
> 被噪音堵住。

金塞拉注意到老式的内燃机火车从头顶喧嚷的高架桥上行过:

> 启动的火车头在头顶缓缓敲打。
> 尘土飘落到桥下,我们微微弓身
> 夹着公文包和书,走入风中。

多年前,应该是一九七三年或一九七四年,我寄给金塞拉几首我写的诗,他给我回了一封长长的信。虽然那封信已经找不到,但我记得里面的几句话:"在你的能力范围内或实际条件下选择你的生活方式,不妨留意一下美国的诗歌,借此了解其他人时下在做什么。"

近四十年后,有人要拍一部有关托马斯·金塞拉的电视纪录片,我与他同行,站在我家乡镇外一栋房子的大门口。他的妻子埃莉诺即出生在这栋房子里——我记得她的母亲魅力十足,很会玩惠斯特牌。金塞拉的诗《另一个九月》即以这栋房子为背景,这首诗收录在他一九五八年的同名诗集里,我们驻足凝望"苹果

树,/成熟的梨树,黑莓,被风吹落的果实使土壤有了甜味",一幅他在半个多世纪以前生动刻画的图景。

我沿韦斯特兰路往北,中途调头,朝克莱尔街走去,空气中有某些东西变得凝重起来。这条路的很多地方显得肮脏昏暗,有些路段甚至破败不堪。这样一条市街,可能出现在英伦三岛各地——格拉斯哥、利物浦、纽卡斯尔、伦敦——任何一处民生凋敝的城区。街道两旁的建筑——大部分建于十八世纪七十年代——多为三层楼加一层地下室。右手边的那些楼现属三一学院所有。我知道乔伊斯的父亲在这儿住过一段时间,还有奥斯卡·王尔德的父母,约翰·斯坦尼斯劳斯·乔伊斯于十九世纪八十年代来到此地,王尔德夫妇比他早二十年。在大饥荒过后的年月里,都柏林这座首府城市辉煌不再,很难不去想象当时这儿必定十分冷清。根据一八〇〇年的联合法案,爱尔兰当时仍由英国下议院直接管辖,因而没有自己的议会。在贝尔法斯特逐渐成为一座工业城市之际,都柏林停滞不前,起码看起来是这样。

罗伊·福斯特在他的著作《现代爱尔兰》里写道:

> 到十九世纪末,缺乏工业基础是都柏林的无产阶级处境朝不保夕、一贫如洗的主要原因之一……市中心代表穷得一无所有的生活境遇,南面中产阶级聚居的开阔郊区与市中心密集的贫民窟之间日益严重的分化加剧了这一问题……

在《一六六〇年至一八六〇年的都柏林》一书的后记开头，作者莫里斯·克雷格写道：

> 要耐着性子描写十九世纪的爱尔兰是件难事。那一时期，缓慢的衰落中夹杂着间歇的发展……事实上，在那个时期，一切混沌不明……虽然到处是群众运动，但它是一个属于个人的时代，发生的种种事件明显是孤立的、明显没有共同目标……这座首府城市已开始透出轻微的忧郁气息：六十年后，政治地位的丧失开始引发一股明确无疑的乡土情绪……维多利亚王朝中期时都柏林的风貌，在我们眼里是个谜：我们知道，在那儿，有很多东西正蠢蠢欲动，表面则风平浪静，至少我们觉得如此。

不过，大卫·迪克森在他的著作《一座首府城市的形成》里说明，市内下层中产阶级的兴起源自好几个因素，但主要是由于从十九世纪三十年代起城市经济的结构变化，就业人员从制造业转向商务贸易，都柏林重新成为全国无可匹敌的批发交易中心……到一八八一年（詹姆斯·乔伊斯出生的前一年；叶芝全家从伦敦回到都柏林、居留六载的那一年），八分之一的男性劳动力从事与运输相关的工作。零售业的就业情况，不论规模大小，地位有过之而无不及。

一八六二年，当局新开了一个牲口市场，迪克森写道，这个市场"据说是欧洲同类市场中最大的……结果是，在夏末和秋季时,每天有几百头养得肥肥的阉牛和羊被赶上运牲口的船送到这儿,成群结队地行过北环路。"迪克森还记录了市内文职人员的扩张:"从十九世纪三十年代起,以十年为单位——教育界和警界,监狱、医院和福利机构,市级政府和中央政府——与维多利亚王朝时期的英国相比,爱尔兰行政上的高度集中化管理使都柏林受益无穷。"

十九世纪期间,市内还大造教堂。迪克森提到,位于韦斯特兰路的圣安德鲁教堂——《尤利西斯》里,利奥波德·布卢姆逗留过的教堂——"可同时容纳三千两百名教徒站着参加活动"。从韦斯特兰路出发、向南行进的那条郊区火车线,托马斯·金塞拉进城搭乘的那一条,是乡间修筑的第一条铁路线。它比伦敦的首条郊区铁路早两年建成,于一八三四年临近岁末时开始定期运行。它把人们从罗伊·福斯特所称的"南面中产阶级聚居的开阔郊区"载往市中心。

当时,在奥斯卡·王尔德的父亲、W.B.叶芝的父亲、詹姆斯·乔伊斯的父亲居于都柏林的年代,这座城市贫苦、破落。上述发展势头的出现不是靠工业或制造业;它以运输业和文员数量增长的形式出现。尽管郊区扩建,基础设施有所改善,但在十九世纪下半期和二十世纪初,都柏林给人的印象仍是一个由孤立个体组成的地方,整个城市的氛围在某种意义上杂乱无章,一个没有找到自我的地方,神秘而忧郁,保持原状,足以让詹姆斯·乔伊斯本人把这座城市视为"瘫痪中心",让他的弟弟斯坦尼斯劳斯——他于一九〇五年离开都柏林后没再回来——在自己的书

《看守我兄长的人》里哀叹这座城市不像别的地方，它缺乏传统意识，那种意识给许多小说家的作品提供了养分，让小说人物可以面对选择和机会，怀着一种平和的心态寻求自己的命运。

斯坦尼斯劳斯写道：

> 在（詹姆斯·乔伊斯的）《一个青年艺术家的画像》里，代达勒斯谈到爱尔兰作家发现自己在使用英语时处于某种劣势。对英国人来说，英语单词含义上可能有非常细微的差别，在我看来，恐怕只有像叶芝或我哥哥那样对语言的敏感程度达到最高检验标准的人才会推敲斟酌。我以为，爱尔兰人真正的劣势在于截然不同的天性。爱尔兰这个国家，虽然每一代人都经历过革命，但确切来讲，并无民族传统。在这个国家，一切动荡不安；在民众的心目中，事事反复无常。当爱尔兰的艺术家提笔写作时，他必须凭自己的能力，从混乱中为自己创造一片属于他的精神天地。然而，虽然这一点对许多才华中上的作家来说是一大劣势，但事实证明，对像萧伯纳、叶芝或我哥哥那样天赋异禀的人来说是莫大的优势。

我在冬日稀薄的日光下沿韦斯特兰路而行，奇怪的是，若不细看，这条路可能让人觉得十分空荡荡，平凡普通极了。砖砌的房子，铁轨，一间酒吧，一家小超市，爱尔兰皇家音乐学院，一座现今大而无当的教堂、宛如一个两头通风的老箱子，还有几栋废弃的大楼，连归三一学院所有的建筑也显得阴沉寂寥。我们从克罗宁和金塞拉的诗中读到的韦斯特兰路的面貌，仿佛并非出自人们的共识，仅是某些孤家寡人在走路回家或上班途中的有感而发，这种情感与他人无关，他们身处的年月依旧是莫里斯·克雷格所称的"一个属于个人的时代"，用斯坦尼斯劳斯·乔伊斯的话来说，一段尚"无民族传统"的年月，每个从事写作的人必须凭空创造一个世界。

诚如莫里斯·克雷格所指出的，声名显赫的威廉·王尔德爵士是这些在十九世纪开始给这座城市注入生机的个人之一，他与简·埃尔吉结婚后，最先住在这条街上。他的儿子奥斯卡于一八五四年在韦斯特兰路二十一号出生，那栋房子位于我离开皮尔斯街、往南走时的右手边。房子的墙上有一块纪念奥斯卡的小牌匾。

奥斯卡出生后不久，王尔德一家搬到相去不远的梅里恩广场一号。二十年后，约翰·斯坦尼斯劳斯·乔伊斯将他的事务所迁至韦斯特兰路十三号。他和他的母亲可能甚至就住在这栋楼里，或是附近的旅馆。约翰·怀斯·杰克逊和彼得·科斯特洛在他们所著的乔伊斯父亲的传记中写到韦斯特兰路："虽然人们一般不把这块区域与乔伊斯联系在一起，但对詹姆斯·乔伊斯来说，这条路似乎保有它特殊的意义。"怀斯·杰克逊和科斯特洛明确表示，正如乔伊斯把都柏林的城中村"伊索德的礼拜堂"——他父亲从科克市搬来都柏林时最初落脚的地方——写入《芬尼根的守灵夜》一样，他在《尤利西斯》里着力刻画了韦斯特兰路，乔伊斯仿佛想要再现并探索他父亲早期在都柏林生活时的心灵世界。

韦斯特兰路出现在《尤利西斯》的第五节，或说在那一节里，利奥波德·布卢姆出现在这条路上。时间是一九〇四年六月十六日上午十点，布卢姆走东隆巴德街离开码头，途经尼科尔斯殡仪馆，这家殡仪馆至今仍在营业。他驻足，朝贝尔法斯特东方茶叶公司的橱窗里看了看，这间位于韦斯特兰路六号的茶叶公司现已不存在。接着他走进韦斯特兰路四十九号至五十号的邮局，这间邮局现也不见了。他用亨利·弗腊尔的化名询问是否有他的信，发现有一封玛莎·克利福德寄给他的信，她是来应征他登在《爱尔兰时报》上的招聘广告的。（"征聘能干女打字员协助绅士从事文字工作。"①）

他在韦斯特兰路撞见一位名叫麦考伊的熟人，此人早先出现在乔伊斯的短篇小说《圣恩》里，是"市验尸官的秘书"。麦考伊常在韦斯特兰路三十一号至三十二号的康韦酒吧——现名"肯尼迪酒吧"——喝酒；他们聊起派迪·狄格南的死，还有莫莉·布卢姆将在贝尔法斯特登台演唱的消息。他们随口提到好几个出现在短篇集《都柏林人》的故事里的其他人物的名字——瘌子霍洛汉、鲍勃·窦冉和班塔姆·莱昂斯——从而使情节变得复杂。（麦考伊的妻子是位歌手，也出现在《都柏林人》里。）在动身前行的途中，有一瞬，布卢姆想起他自杀的父亲。接着他离开韦斯特兰路，朝一条与韦斯特兰路平行但更窄的小巷走去，这样他可以阅

---

① 书中摘自《尤利西斯》的引文，译文采用的是2018年人民文学出版社出版、金隄翻译的版本。下同。

读那封信。读完玛莎·克利福德写的话后,他在上面是铁路的拱桥下把那封信撕了。

他注意到"一列进站火车开来,在他头上轰隆轰隆,一节车皮一节车皮地压过",然后,他从后门走进圣安德鲁教堂,他称它"万圣教堂",他审视人们领取圣餐,思及葡萄酒在弥撒中的用途时,他做了一番精彩的打趣,堪称全书最佳:"葡萄酒。喝这个显得气派,要是喝他们常喝的就差劲了,吉尼斯黑啤酒啦,什么节制饮料惠特利牌都柏林啤酒花苦味酒啦,什么坎特雷尔与科克伦公司姜汁啤酒(芳香型)啦。"

布卢姆一边继续冥想宗教的奥秘,一边穿过前门走出教堂,结果发现自己又回到韦斯特兰路。他想起他要去马路头上的斯威尼药房,直至前不久,这家药房始终维持正常的营业,但如今在某种意义上成了乔伊斯博物馆。他在药房订了为莫莉配制的护肤乳液,又买了一块柠檬香皂。在店里时,班塔姆·莱昂斯上前跟他搭话,提醒他阿斯科特金杯赛将在那天举行。后来赢得那场比赛的是一匹叫"扔扔"的马,赔率二十比一。由于布卢姆两度对莱昂斯说,他可以把他的报纸拿去不用还,因为他反正准备"扔了",所以莱昂斯认定,这话是暗示"扔扔"那匹马会夺冠。后来在小说里,大家认定,并不知道那匹马叫什么的布卢姆在那场赛马中赢了钱。

布卢姆随后从韦斯特兰路走入林肯巷,路过三一学院的后门,接着转入南莱茵斯特街,他将去那儿的土耳其澡堂逛一逛。"现在可以痛痛快快地洗个澡:一大盆清水、清凉的搪瓷、温和适度的水流。这是我的身体。"

由于这部小说的背景设置在一九〇四年,那时奥斯卡·王尔德和W.B.叶芝已是知名人物,还有王尔德的父母。因此,当詹姆斯·乔伊斯让他笔下的人物行走于这些街道上时,亦是在围绕着其他两位作家的生活圈子打转。在第十节里,他笔下的一个人物将在梅里恩广场一号"王尔德府的街角"停住。后面,小说援引了王尔德夫人写的一首民族爱国歌曲。

奥斯卡·王尔德本人时不时出现在《尤利西斯》中。例如,在第一节里,当他们讨论镜子时,直接提到王尔德一八九一年出版的小说《道连·葛雷的画像》。在同一节里,壮鹿马利根说:"我们早就不希罕王尔德和那些表面矛盾的论点了。"在第三节里,小说提及"王尔德的不敢直呼其名的爱情"和他为纪念他的妹妹而写的诗《让她安息吧》(又译作《安魂赋》)。在第九节里,他们在讨论莎士比亚之际,言及"王尔德写的柏拉图对话集"和王尔德的《W.H.先生写照》。

W.B.叶芝和他的两个妹妹也游走在乔伊斯的笔墨下,他们似乎带给作者及其小说里的人物莫大的乐趣。在第一节里,莉莉·叶芝和萝莉·叶芝的形象是一对"命运女神姐妹",在邓德拉姆镇印刷出版图书。小说后面提到她们时形容她们是"两位善于设计的女性"。《尤利西斯》的故事设置在她们返回都柏林的几年后,她们创办了邓·艾玛出版社,制作限量版图书。(怀斯·杰克逊和科斯特洛记述了詹姆斯·乔伊斯与叶芝其中一位妹妹之间的邂逅,发生在一九〇三年或一九〇四年初:"她注意到他的

'网球鞋',惊讶于这个年轻人告诉她,'他认为他的父亲不久将因酗酒而丧命,然后他会把他的六个妹妹送给沃尔什大主教去当修女'。")

《尤利西斯》也嘲弄 W.B. 叶芝本人。他对格雷戈里夫人翻译的《夺牛长征记》的评语,"我认为这本书是我这个时代爱尔兰出产的最优秀的作品",在书中引得人们大笑。这部小说还拿叶芝的剧作《胡里汉之女凯瑟琳》(又译作《胡里痕的凯瑟琳》)里的短语"外人占了那个家"打趣。书里戏仿了叶芝前一年发表的诗歌《波伊拉和艾琳》。乔伊斯在一九○四年离开都柏林前写的檄文诗《圣职部》,也嘲弄了叶芝。

叶芝的祖父母和父亲认识奥斯卡·王尔德的双亲,他们同属都柏林一个狭小的社交圈子。想象乔伊斯的父亲在跟他的母亲搬到韦斯特兰路住时,说不定会在这条路上与王尔德夫妇擦肩而过,因为他们两家的住所仅相隔咫尺,那情景一定非常有趣,但他比他们晚几年,所以没机会遇上。不过,把奥斯卡·王尔德与詹姆斯·乔伊斯联系起来的,除了在《尤利西斯》里出现王尔德以外,这两位作者都认识叶芝,都在处境困难时得到过他的援助。

叶芝在他的《自传》里记叙了十九世纪八十年代末王尔德邀请他参加的一次圣诞晚宴,王尔德以为他是孤身一人在伦敦:

> 他彻底摒弃了棉绒面料的衣服,连袖口也不再那样向后翻折到袖子上,他开始一丝不苟地按照时下流行的风格穿着打扮。他住在切尔西的一栋小房子里……我依稀记得一间粉

刷成白色的起居室内有一幅惠斯勒的蚀刻画,"嵌"在白色的镶板里,还有一间饭厅,里面的椅子、墙壁、壁炉台、地毯全是白的,唯独餐桌中央铺了一块菱形的红桌布,上面摆着一个赤陶土的小雕塑,我没记错的话,一盏有红色灯罩的灯略微从天花板上挂下来,照着那个雕塑……我记得当时我思忖,他在那儿的生活再完满和谐不过,有美丽的妻子和两个年幼的小孩,这当中隐含了某种刻意的艺术创作……一类形式的成就不见了:他不再是风流名士,他又尚未发现自己在喜剧创作上的才华,但我相信,我认识的他,正处于他人生最幸福的时刻。

一八九五年五月,在王尔德开始受审的前一天,年近三十的叶芝前往王尔德母亲位于伦敦的住所,表达他对这位作者的支持,并转交他收集来的慰问信。

二十年后,在詹姆斯·乔伊斯手头没钱、希望英国政府给他一笔津贴之际,叶芝——在都柏林初识乔伊斯时,乔伊斯给他留下的印象是一个傲慢的年轻作家——写了数封信声援他,包括一封给埃德蒙·戈斯的,戈斯代表委员会,想知道詹姆斯·乔伊斯在第一次世界大战中是否真的站在英国这一边。叶芝清高地回复:

> 我亲爱的戈斯:我对您迄今所做的一切深表感谢;但我绝没想过有必要通过"直白"或别样的方式来表明立场,支持"协约国的利益"。我没想到自己是在浪费委员会的时间。

我当然祝愿他们取得胜利，我从未听说乔伊斯与他的邻居起过争执，因此我相信，他旅居奥地利的行动大概已经如您所愿，坦白表露了他的支持立场。在我寄给他的少量信函中，我一次也没问过他这方面的事。他与爱尔兰的政治活动，极端或非极端的，从未有过任何瓜葛，在我看来，他厌恶政治。我觉得他支持赞同的似乎永远仅限于文学和哲学。这样的人生活在爱尔兰的氛围下，感到的是孤立，而不是产生反英情绪。此时此刻，他可能正努力投入某件作品的创作中，直至黑暗的岁月过去。我再次感谢您为这位天才人物所做的一切。

当我走路经过王尔德一家位于梅里恩广场的住所时，我想起W.B.叶芝婚后也住在这座广场，他的弟弟在离这儿不远的菲茨威廉广场有一间画室。在同样位于梅里恩广场的国立美术馆里，有着叶芝父亲、他的弟弟杰克以及他两个妹妹的作品。

威廉·王尔德与简·埃尔吉在一八五一年结婚，约翰·B.叶芝与苏珊·波勒克斯芬在一八六三年结婚，约翰·斯坦尼斯劳斯·乔伊斯与梅·默里在一八八〇年结婚。由此，一张盘根错节的人际关系网慢慢开始在这座城市形成，使这座城市变得益发神秘，给一九一六年起义前的都柏林的氛围增添了一股隐匿、强大的暗流，这股潜在的情绪既不是政治也不是贸易所给予的。

市内的这种新气象提升了独善其身、个人主义、自主自立的思想。那个时代依旧是一个个人活动的时代，作家和画家凭自己的能力、为自己从混乱中创造出属于他们的精神世界。利奥波德·布卢姆独自在市内游走，斯蒂芬·代达勒斯也一样。身在伦敦的王尔德亦活在自己的世界里，茕茕孑立，又独自承受痛苦。还有叶芝，骄傲地保持清高的姿态，背井离乡的乔伊斯亦然。诚如叶芝在给戈斯的信中所写，爱尔兰使他们将自己孤立起来。这个结果在某种程度上是天赐的良机。

他们的父亲也独立于世，不遵循任何团体制定的路线行事。他们过着仿佛没有向导、没有地图的人生；就威廉·王尔德爵士而言，他一辈子任性恣意，工作起来勤奋狂热，约翰·B.叶芝和约翰·斯坦尼斯劳斯·乔伊斯满腹才华，生性怠惰。这三位父亲，他们个个制造混乱，他们的儿子却做出成绩。这几个儿子从不半途而废——无论创作剧本、诗歌、小说、随笔，乃至塑造他们本人脆弱的自我，都有始有终。他们以自身为镜，创造那片供我们走入的天地。

正如王尔德在《自深深处》的一个段落里搬出他的父亲做论据、乔伊斯在他的小说里纪念他的父亲一样，叶芝在晚期一首名为《美丽高尚的人物》的诗里回忆他的父亲在艾贝剧院，当时正值抗议辛格的《西方世界的花花公子》的骚乱发生过后：

> 家父站上艾贝的舞台，面对群情激愤的观众，
> "这片土地上，到处是圣徒，"随着掌声的平息又言，
> "石膏像圣徒。"他迷人而调皮的头往后一仰。

三位作家都生活在一座缺乏深厚戏剧传统也没有发达的出版业的城市——大卫·迪克森指出，一八七一年，"当时都柏林市面上所卖的小说，无论什么类型，几乎全是在伦敦印制出品的"。他们自己的父亲有着可挖掘利用的精气神，正如他们亦赋予每个在这座城市里行走的人一种可挖掘利用的精气神一样。他们重新想象那些普通、破落的街道，留下足迹和生动的线索，使韦斯特兰路及其周边的街道在我从银行往回走的途中有了不一样的面貌。

诗人伊茫·博兰写过一篇优美的散文，精确道出这种改观的意义有多重大，她在上世纪六十年代就读于三一学院。那篇文章名叫《成为一名爱尔兰诗人》。文章开头："在我念书时，我可以选择走哪条路回家。"她可以从前门出三一学院，也可以溜到旁边的克莱尔街，然后转入梅里恩广场：

> 梅里恩广场是都柏林一块古老的珍宝，凝聚了乔治王朝时期的风格。一件给殖民地的意义暧昧的礼物。夜晚，我一路朝它走去，它怪异寂静。但在一个世纪前，它恐怕与现在不同。那时，这整片地区集中了都柏林的有识之士。站在黑漆漆的广场上，我可以轻易构想出当时的情景。有一圈光晕的煤气灯。时髦的马车行过鹅卵石路面。一群居于统治地位的人行色匆匆，喧哗不断。

博兰回忆广场一角的一栋房子："有一面对着广场上的树。另一面朝向三一学院。那栋房子本身很高，即使在现在也未完全脱去初建时的傲视姿态。但我瞻仰的不是一个过去的时代。我去那儿是因为以前的一位房客。"

那位房客是诗人兼翻译家简·埃尔吉,笔名斯佩兰扎,威廉·王尔德爵士的妻子,奥斯卡·王尔德的母亲。博兰试图想象"在十九世纪四十年代那段动荡的岁月里……她一边写诗,一边努力寻找发表的机会。她还未曾读到她鼎鼎大名的儿子的见解:'其他人写的是他们不敢付诸实现的诗。'对她来说,诗和实现自我之间大概不存在距离"。

博兰思索斯佩兰扎如何通过她的诗歌觅得一个国度,对此感到纳闷,令她纳闷的还有那些诗歌本身,她觉得平淡无奇。但上述疑问不是她此刻站在王尔德一家住所外的原因。让她依旧着迷的是写下这些诗的这名女子对她的忠心如此确信无疑:

在那些寒冷的夜晚,我仍以为根源既简单又可以理解。在经历了我自己漂泊的童年后,我仍深信,确立一个目标和一个地理上似乎既具体又象征着那个目标的地方,能给诗人提供丰富的创作源泉。因此,当我抬头仰望斯佩兰扎的窗户时,我所想象的不是她的失败。我想象的是她的快乐。

下一段开头:"后来,我花了数年时间才认识到自己的错。明白诗人提及的地名与一首诗所描绘的那个地方之间存在差别。"日后,博兰在她自己的作品里不仅把郊区邓德拉姆镇当作她的创作源泉,而且让她的诗歌能够表现出当地人家屋檐下的生活,从而使那个地方，借着这些诗的韵律，蒙上一层烟火气。

现在我就站在博兰以前所站的地方，望着一九七一年揭幕的纪念威廉·王尔德爵士的牌匾。牌匾上写着："威廉·罗伯特·威尔斯·王尔德爵士，1815—1876年，眼科及耳科外科医生、考古学家、人种学家、古文物研究者、传记作者、统计学家、博物学家、地志学家、历史学家、民俗学家，从1855年至1876年住在这栋房子里。"奥斯卡·王尔德的儿媳参加了揭幕仪式，有三四十人到场，用爱尔兰语致辞，招来爱尔兰警察的注意，他们闯入现场，记下发言者的名字，认定他们势必是某个非法组织的成员。几经解释，警察才相信这群人只是在纪念一位杰出人士，而出席这一庆典的有爱尔兰中央统计局的创立人兼局长、爱尔兰皇家外科医学院院长和爱尔兰皇家科学院曾经的一位院长。

马路对面，就在梅里恩广场的围栏内，有一座滑稽、五彩斑斓的王尔德塑像，摆出的姿势之散漫，足以招来即便是最开明的警察的注意。

W.B.叶芝和詹姆斯·乔伊斯毕生致力于探索他们提及的地名与他们通过作品所表现的地方之间的差别和联系。要去看这两位作家的纪念像，我必须沿克莱尔街走，经过蒙特克莱尔酒店，我父母度蜜月时住的酒店——我的父亲在都柏林念过书，我的母亲日后抱怨，他带她参观了太多教堂——然后穿过马路，到格林书店的旧址；以前书店后面有一间小邮局——再沿南莱茵斯特街——贝克特和他的父亲曾常光顾利奥波德·布卢姆喜欢的那家土耳其澡堂——接着转入基尔代尔街，在乔伊斯的短篇小说《两个浪汉》里,距离基尔代尔街俱乐部门廊的不远处,"一个弹竖琴的人站在路上,正在对一小圈听众弹琴。他漫不经心地拨弄着琴弦,不时朝每个新来的听众瞥上一眼,还不时懒洋洋地望望天空"。①

我走过国家图书馆,那儿藏有叶芝的书信文件和乔伊斯的一些手稿。这座图书馆于一八九〇年对外开放,建造商是塞缪尔·贝克特祖父名下的公司。叶芝用过里面的阅览室,乔伊斯也一样。罗伊·福斯特写道,叶芝日后"回忆年轻时的自己坐在位于基尔代尔街的国家图书馆内,'不屑地看着那些伏案的脑袋和忙碌的眼睛,或在无谓的遐想中谛听自己的内心,像听海螺里的声音一般……我那时自大、懒惰、冲动'"。

一八九八年十二月,叶芝在这座图书馆里写信给格雷戈里夫人:"我唯一的休闲时光是来这儿,此刻我正写信的地方,走到一张远离人群的桌旁,位于国家图书馆不对外开放的过道间。图书管理员允许我去我喜欢的地方看书,这样我可以躲开穿堂风和嘈杂声。"乔伊斯将把《尤利西斯》第九节的场景设置在这座图书馆。斯蒂芬在这儿与人就《哈姆雷特》和莎士比亚展开冗长的辩论。在这栋大楼里,"我周围尽是装进了棺材的思想,罩着木乃伊匣子,用文字的香料浸泡着"。这一章的结尾,壮鹿马利根看到利奥波德·布卢姆离开这栋大楼,他对斯蒂芬低语:"漂泊的犹太

---

① 书中摘自《都柏林人》的引文,译文采用的是上海译文出版社2010年出版、王逢振翻译的版本,下同。

人……你注意他的眼神了吗？他望你的样子是居心不正的。我怕你，老水手。啃奇啊，你危险了。快找个屁股护垫吧。"

那间穹顶阅览室保留着叶芝和乔伊斯时代的原样。室内的灯光和布局都没变，有着一样的嘈杂声，甚至可能有部分一模一样的人，又或许他们只是看着相像而已。还有同样的响动：小声向图书管理员咨询；把椅子往后推；外面海鸥的啼鸣提醒我们离海和港口多近；有人咳嗽；然后突然鸦雀无声，大家埋首在阅读这件庄严的圣事中。

现如今，必须凭读者证才能借阅国家图书馆的资料。上世纪七十年代，我每天来这儿，没有人检查证件；他们假定你是在从事正经的研究工作，并用相应的态度对待你。

以前，不管是谁，一走进阅览室，先在那本又大又老的登记簿上签下姓名，接着找到一张桌子，确认台灯没有坏，然后开始用像分类账簿似的老式图书目录卡预约当天需要的书。我相信待在国家图书馆的头几个月是我迄今人生中最快乐的时光，其间，我阅读我能找到的有关查理二世统治时期都柏林图书业的文献资料。我老是环顾四周，不时出去抽根烟。那时，艺术学院夹在国家图书馆和爱尔兰国会下议院（可以听到召唤议员去投票的铃声）之间。那些搞艺术的学生穿着奇装异服，浑身上下五彩斑斓，像极了热带丛林的鸟儿。他们要么个子很高，要么个子很矮；他们要么留着很长的头发，要么把头发剪得很短；有些男生看起来像女生，有些女生看起来像男生。我们，在国家图书馆看书的人，穿着褪色的粗花呢衣服，跟他们相比，一副沉闷木讷的模样。不过话说回来,那些搞艺术的学生穿的似乎是他们自己缝制的衣服,或买的二手衣。他们不管怎么看都无可挑剔。

眼下我朝傍着谢尔本酒店一边的圣史蒂芬公园走去。如罗伊·福斯特所写,这儿是叶芝的领地:"属于他们的市中心不是平民百姓的地标纳尔逊纪念柱(有轨电车系统的枢纽中心),而是史蒂芬公园。"在约翰·B.叶芝最终搬回都柏林而还未去纽约的那段岁月里,他的画室就在这儿。亨利·摩尔创作的纪念叶芝的雕像坐落于圣史蒂芬公园的围栏内,在一片被灌木林遮挡住的区域,入口不显眼。伫立着该铜像的这圈地方,出奇地与世隔绝、纯净,体现出非同一般的高贵,是都柏林最美又最具震撼力的一处场所,充盈着一股神秘的能量,这股能量是那个伟大、古老的灵魂所特有的。

乔伊斯的半身塑像面朝纽曼故居,天主教大学的旧址,这所大学开办于一八五四年,约翰·亨利·纽曼任校长至一八五八年。一八八〇年,它变成都柏林大学。詹姆斯·乔伊斯在一八九八年到一九〇二年间就读于此。如今,铜像上他的脸朝围栏投去平静的注视目光。在《一个青年艺术家的画像》里,他让斯蒂芬·代达勒斯把史蒂芬公园称作"我的公园"。一八八四年,诗人杰拉尔德·曼利·霍普金斯来到纽曼故居,居住并任教,一八八九年逝世于此。他在纽曼故居楼上的一间房里写了他幽暗晦涩的十四行诗,他在那间房里醒来,感到"降临的是黑暗,而非白昼"。现在那栋故居外有一块纪念纽曼、霍普金斯和乔伊斯的牌匾。《尤利西斯》问世时,一位在三一学院任教的教授说:"詹姆斯·乔伊斯是一个活生生的例子,证明我的观点是对的,给这座岛上的原住民——那些往利菲河里吐口水的少年——建一所独立的大学是个错误。"

我想告诉这位教授:我们不再吐口水了。现在我们写书、制作软件。完成一天的工作后,我们乖乖回到郊区的家。

我从位于利森街的出口走出公园,穿过马路到下利森街。我准备回家。那些书摆在那儿,还有那沓空白的纸。不久我将动笔写下这三位风流父亲的故事。我走得已够多。部分城市的街道,被这几位人士和他们的儿子留下的印记所萦绕。

维多利亚女王时代的闻人：
威廉·王尔德爵士

有一位爱尔兰的诗人兼剧作家，他成为阶下囚，后来在四十岁出头时离世，他的名声因丑闻和人们指责他为人自负而受损。在一本书里，他描绘囚禁他的雷丁监狱是"一栋漂亮的建筑，仿照昔日城堡的风格用红砖搭建，有城垛和塔楼"。

令他吃惊的是放风的操场上长着茂盛的花：

> 那一幕教人讶异。不仅有花——看到花本已大出所料——而且繁花似锦。接着我们中有几人想到原因所在。操场上的一座坟墓揭开了当中的奥秘。这座坟墓上刻着字母C.T.W和年份1896，奥斯卡·王尔德将他的《雷丁监狱的歌》题献给这个人，那首诗是为纪念他的逝去而作。

他在他的书里引用王尔德的诗：

> 可是不管玫瑰花是红是白，
> 在监狱的空气里却难绽开，
> 碎石鹅卵石还有打火石，
> 他们就给我们这些东西；

只因他们知道鲜花开放,

可以医治普通人的绝望。

不管玫瑰花是红是白,

花朵花瓣却悠然自在,

在令人难忍的大牢墙上,

它们在沙土里自管开放,

告诉在牢院里放风的人

上帝的儿子早已成亡魂。①

"如此读来,王尔德这首诗的调子,"这名囚犯写道,"不是反抗,而是辛酸的接受……但对我们这些心中记着他的这首歌谣、比他晚进来的人来说,奇迹已然造就……这个宽阔的操场是一片叶子与花的海洋。"

这名比王尔德晚来、摘录他的诗句的囚犯是达雷尔·菲吉斯,参与爱尔兰一九一六年起义的一群人中的一员。他们中的许多人最初被拘留在英国其他监狱,但后被转至雷丁,集中在这座监狱关押女犯人的一小块区域,准许他们之间自由往来。英国当局认为他们是爱尔兰民族主义者中的带头人物或主要闹事者,所以把他们挑出来,其实很多不是。他们中有新芬党的创始人阿瑟·格

---

① 这段诗歌节选的译文引自2000年人民文学出版社出版的《王尔德作品集》。

里菲思和后来成为爱尔兰总统的肖恩·T.奥凯利。他们并不像人们以为的那样，在狱中时，他们不吵不闹、温顺平和，比两年后囚禁在雷丁监狱的那些爱尔兰政治犯更易管理。

在这些首批来到雷丁监狱的爱尔兰囚犯中，很多人写诗，着实多到令其中一位日后担任艾贝剧院执行总监超过四分之一个世纪的欧内斯特·布莱思，以同样诗文的方式抱怨这一现象：

> 我被送到雷丁监狱
> 无奈忍受这般惩处
> 人人写诗成为风尚
> 我得时时夸奖颂扬。

达雷尔·菲吉斯和其他起义过后在雷丁监狱服刑的犯人于一九一六年十二月得到释放。一百年后的二〇一六年，即这座近年来被用以收押少年犯的监狱关闭三年后，我于春天去到那儿，走过里面空荡荡的走廊和四壁萧条的牢房。时至今日，以前关爱尔兰政治犯的那一区已经拆除，但监狱主楼仍保留着一八四四年建成时的模样，每一层呈十字形，也就是说，站在正中央，可以看到全部四条走廊。

那日，监狱里看不出有爱尔兰政治犯遗留下的痕迹，也看不出奥斯卡·王尔德曾在这儿待过的迹象。相反，内部的陈设氛围令人想起过去的少年犯，牢房一间连着一间，里面有固定在墙上的金属双层床、一张小桌子和两张凳子，再往内有个金属水槽和一扇离地很高的窗户，窗户位于正对门的那堵墙上，接着在一道分隔墙的另一边有个马桶。每间牢房给人一种凄凉孤寂的感觉。完全可以切身体会和另一人从早到晚被禁锢于此会是怎样的心情。

此刻，监狱外的世界，年轻人走在街上，他们中有人恰是三年前在这些幽闭的空间内忍受过乏味和苦闷的。

那日，唯有当我们在靠近放风操场的地下室、负责看管那栋建筑的男士随口提到通往操场的这间房是鞭打犯人之所时，我才觉得自己能够想象奥斯卡·王尔德待过的这座监狱大概是什么样的。我记得王尔德在出狱后不久给《纪事日报》写的信中有这样一段话：

> 约莫三个月前，我注意到跟我一起放风的犯人中有个青年，在我看来，他傻乎乎的或有智力缺陷……上周六，大概一点钟时，我在自己的牢房里忙着清洗我平时用来吃饭的马口铁饭盒，把饭盒擦得锃亮。突然，一阵无比恐怖、让人完全不忍卒听的惨叫，或毋宁说是长号，划破监狱的寂静，吓了我一跳，起先我以为是监狱围墙外有人在笨手笨脚地宰杀公牛或奶牛这类牲畜。但很快我意识到那号叫是从监狱地下室传来的，我知道有某个不幸的人正在遭受鞭打……忽然我想到他们在打的可能是这个倒霉的呆子……第二天是十六号星期日，我在放风时看到那个可怜的家伙，他虚弱、丑陋、悲惨的面孔因泪水和歇斯底里的模样而几乎教人认不出来……操场上，这个可怜虫——曾经是人样的他——走在明

媚的阳光里,像猿猴似的咧嘴笑着,双手做出古怪至极的动作,仿佛在凌空弹奏某件看不见的拨弦乐器……由始至终,歇斯底里的泪水——我们从未见过他不流泪的时候——如涓涓细流,不断从他苍白肿胀的脸上淌下来……他是个活生生的怪物。

当我在光秃秃的放风操场上走来走去时,有一瞬,我几乎能想象出王尔德被囚禁于此,头顶是这片天空,想象出他那日的所见,以及先前他在自己牢房里时所听到的声响。

那年的晚些时候,二〇一六年十月十六日,星期日,我回到雷丁监狱,蒙"艺术天使会"——一个推动在稀奇古怪、意想不到之所举办艺术展览或艺术作坊的组织——的资助,这座监狱现在对外开放。有些牢房内陈列着维娅·塞尔明斯、玛莱娜·杜马等多位艺术家的艺术作品。过去几周,不断有演员和其他人在那儿朗读奥斯卡·王尔德《自深深处》里的片段。

我同意他们把我锁在王尔德住过的牢房,那间牢房的号码是C.3.3,位于C区三楼,那个星期日,我用一下午的时间朗读了几乎整本《自深深处》,全部念完需五个半小时。朗读现场的画面会在监狱小礼拜堂里的一块屏幕上直播;参观者也可以前来,通过门上的一个猫眼向牢房内张望,但我不能跟他们讲话,他们也不能跟我讲话。我能做的仅是在王尔德写下这一文本的地方朗读里面的一字一句,当时这里的狱犯被单独囚禁在各自的牢房里,他们不得发出声音,即便在每天到放风操场上走一圈那点短暂的时光内,也必须保持安静。

《自深深处》这封长达五万五千单词的信,是王尔德在刑满前几个月里写给阿尔弗雷德·道格拉斯勋爵的,它混杂了多种风格,是文学创作上的一个异数。它是王尔德在服刑两年间唯一的作品。一八九七年四月二日,典狱长向监狱委员会报告,这部手稿的每一页纸"在发(给牢房中的王尔德)以前,均经过仔细编号,并于每日晚上收回",但更可能的情况是王尔德还被准予修改和更正他写的东西。委员会通知典狱长,这封信不得实际寄出去,而应当扣留着,在犯人出狱时交予他。

王尔德在获释后将这部手稿交给他的朋友罗伯特·罗斯,罗斯让人抄了两份;一份他寄给阿尔弗雷德·道格拉斯勋爵,另一份他日后存放在大英博物馆。罗斯副本中的若干章节在一九〇五年和一九〇八年公开发表。虽然抄录中出现许多错误,但根据原始手稿而来的一个完整版本,于一九四九年出版问世。

《自深深处》既是一封写给私人的信,饱含控诉和急切的陈词,又掺入了一系列关于受难、救赎和自我实现的雄辩的沉思。它是一封情书,也是一声发自内心深处的号叫。它的调子隐忍不发、透出伤痛。作者怀着炽热、强烈的情感写下它,有些句子组织得出奇条理清晰。信里的话清高、傲慢、自负,却又谦卑、语气柔和、流露忏悔之意。它由作者在各种不同的心境下写就,而非理性的想象的产物。它的笔锋东突西窜、变化不定,经常自我重复。创作它的目的是供世人阅读,但它又是专门写给一个人看的,并让犯人本身获得满足,有时这几条动机并存。它是一篇杰出的独白，用愧疚的口吻诉说爱与背叛、绝望与忧愁。信中也妙语不断，时有悲伤、意味深远、惆怅的真知灼见。

那个十月的星期日，我孤身在王尔德住过的牢房内，面前摆着这本书，里面的每一页我已再三默读过，但我依然碰到一个难题。我不知道王尔德在这般独处中写下的这些话，若被朗读出来，听上去应该是怎样的。我不知道对着这四面冰冷的墙壁讲话时，话音会是什么样。

戏剧性的？愤怒的？深情的？激越的？还是轻声的？低语的？呢喃的？或我是否应当试着找到一个真实的声音，一个迫切想求人们相信或想被听见的声音，或也许更为要紧的是，一个在荒野中企图重建其原本特色的声音，以便让说话者的身份及其自我意识在因单独囚禁和监狱的规章条例而破碎不堪后，能重新找到一个空间，一处让说话者可以获得慰藉的开放之地，即便他讲的或写的话并无实际的听众也行？

这封信由一名狱犯写给某个有自由身的人，一位年纪较长者写给一位比他年轻的人，一位作家写给一位游手好闲之徒，写信者的父亲凭自己的努力出人头地，收信者的父亲是一位世袭贵族。写这封信的语气让人觉得它非写不可，但也许永远不会寄出去。

可另一方面，这封信是一个爱尔兰人写给一个英国人的。想到那一点，我才终于有了头绪，知道该怎么开口念出王尔德写下的这些字句。初始，我会用我自己讲话的口气来朗读。我会当自己仅是在对着一个人讲话，一个从精神上我感到就在我旁边的人，在朗读过程中，我会留意，看我会不会对这个文本有新的发现，是我在此前一遍遍的默读时从未体会到过的。

我一边读一边注意到，每当提及道格拉斯的父亲昆斯伯里侯爵时，言语明显变得恶毒，但同时王尔德又流露出几分对昆斯伯里的鄙弃之情，仿佛他是个没什么文化的人，或甚至属于低一等的人种。《自深深处》里的对立冲突不仅存在于作者与推定的收信人之间，也表现为王尔德以他本人所属的阶层、他自己的家族为骄傲，瞧不起道格拉斯的父亲乃至造就出他的整个社会圈子。

因为他被判入狱，"你父亲，"王尔德尖刻地写道，"在主日学校的文学里将永远活在那些个心地和善纯良的父母之中。"① 道格拉斯的母亲，他写道，看出"遗传让你（道格拉斯）背上了一个可怕的性格负担，并且也坦白地承认、心怀恐惧地承认：他是'我孩子中继承了致命的道格拉斯家族禀性的那一个'"。王尔德写道，身为昆斯伯里侯爵的儿子好比一种劫数："因为你父亲的缘故，你所出身的这个家系，与之联姻是可怕的，与之交谊是致命的，其凶残的手，要么自戮，要么杀人。"在《自深深处》里，王尔德还间接提到连昆斯伯里自己的家人也普遍讨厌他，回忆起他们主动表示，若他控告王尔德，他们愿意帮王尔德支付费用，王尔德写道："（道格拉斯的）父亲是你们大家的祸害，你们常常商量是不是把他送疯人院了事，说你父亲成天弄得你母亲还有别的人不得安生。"但这种讨厌不能与道格拉斯本人对他父亲的特殊的

---

① 书中摘自《自深深处》的引文，均引自2015年译林出版社出版、朱纯深翻译的版本，下同。

恨意相比，王尔德形容这份恨"如此之强烈，完全超过了、压倒了、掩盖住了对我的爱。你的爱恨之间根本就没有孰是孰非的斗争，要有也很少：你仇恨之深之大，是如此的面面俱到、张牙舞爪"。

在信的下文中，他看出父子之间的联系："大凡两个人有了仇隙，其间必定存在某种难兄难弟的纽带，某种同气相求的呼应。我猜想，由于某种同类相斥的奇怪法则，你们互相憎恶，这不是因为两人间的许多不同，而是因为在某些方面你们俩何其相似乃尔。"

令王尔德愤慨的是，在这场父与子的较量中，他被当作走卒，他坚称"我不值得把生命花去同这么一个终日醉酒、潦倒落魄、半疯不癫的人吵架"。

"潦倒落魄①"一词用在这儿耐人寻味。在《自深深处》里，奥斯卡·王尔德称阿尔弗雷德·道格拉斯勋爵是"一个社会地位同我一样的年轻人"。但在一个对阶级差别极度敏感的国家里，这个观点恐怕无法得到广泛的认同。王尔德不过是一个爱尔兰爵士的儿子，而道格拉斯出身于两大贵族世家，是有头衔的。王尔德的父亲要为生计而工作，道格拉斯的父亲的财产则是继承来的。在道格拉斯的圈子里，王尔德是个外人，一位闯入的不速之客。

昆斯伯里侯爵在王尔德所属的俱乐部留下一张便条，声称王尔德是"鸡奸犯"，他把"鸡奸犯"一词写成"somdomite"，这句

---

① 原文是declasse，指失去原有的社会地位。

留言成为日后那场知名的诽谤诉讼案的导火索。他也许还可以加一条，说王尔德故作姿态，假装自己享有比实际更高的社会地位和身份。在一八九五年的英国，很多人可能反而会把这条看作是更严重的指控。

王尔德延续了爱尔兰人的悠久传统，来到伦敦闯出一片自己的天地。他是一名艺术家，他自由出入于上流社会，讲话时经常流露英国口音。他上过牛津大学。一如他的父母在都柏林建立起自己的天地一样，他在英国闯出他的天地。在《自深深处》里，他暗示，他自身的才思和聪慧不仅是个人特质，而且本身代表着一种社会地位。

这种认为社会地位源自文采和敏思的想法也是他父母所持有的。在无其他任何贵族定居于都柏林的情况下，威廉爵士和王尔德夫人表现出的是一种他们靠他们的著作和头脑、他们精神上的独立和风雅的怪癖而树立起来的威望。

王尔德在《自深深处》里标榜自己为"语言至尊"，他这么讲是在暗示这个头衔远比阿尔弗雷德·道格拉斯勋爵的贵族头衔高尚。

在《自深深处》里，王尔德既清楚认识到他自己承袭的传统、他父母的身份和他们已取得的成就，又一心想要贬抑、中伤和侮辱阿尔弗雷德·道格拉斯勋爵的家人。他引用道格拉斯本人诋毁自己母亲的话，将她的殷勤款待比作"索尔兹伯里那廉价的冷酒"。甚至，他还把道格拉斯的父母描绘得十分乏味庸俗，卷入某种枯燥、无谓、蒙昧的争吵。

提到他自己的父母时,他的措辞显著不同。他列举他破产之际失去的东西,把"我父母著作装订精美的版本"包括在内。他顺带提到歌德的诗句,他母亲挂在嘴边的,"那是卡莱尔①在多年前送给她的一本书中写的,也是卡莱尔自己翻译的",仿佛卡莱尔送书给他母亲是再自然平常不过的事。

但关于他的父母,最意味深长的段落是写到他母亲的死,发生在他坐牢期间:"她和我父亲留给我一个他们已使之高尚荣耀的姓氏,不但在文学、艺术、考古和科学,也在我祖国的历史中,在我民族演进的历史中留名。"

因而当他在《自深深处》里写下这段话,描述自己的重要性时——

> 我曾经是我这个时代艺术文化的象征。我在刚成年时就意识到了这一点,而后又迫使我的时代意识到这一点。很少有人能在有生之年身居这种地位,这么受到承认。……诸神几乎给了我一切。天赋、名望、地位、才华、气概……

——他是在老调重弹,口气和之前描绘他父母的成就一样。他不仅是为自己在世间立名,而且通过强调他有"名望"和"地位",与道格拉斯家族"可怕的遗传"正相反,他一边维护他自己父母

---

① 托马斯·卡莱尔(Thomas Carlyle,1795—1881),苏格兰评论家、讽刺作家、历史学家。

的声望，一边把他自己的成就与他父母的融为一体，他指出，这项成就包括让爱尔兰发展为一个民族国家。

王尔德在他给道格拉斯的信中这样介绍他的父母，目的是要让人们感到他正在走向独立的祖国能够以比其邻岛更可靠而富有意义的方式授予人荣耀。

因此，当王尔德在牢房里写下这封长信时，他坚信自己对道格拉斯父母的看法无误。他亦强忍悲痛，回忆收到他母亲去世的消息时的心情：

> 你比谁都清楚我对她有多爱，多尊敬。她去世，对我是个如此可怕的噩耗……我当时承受的悲苦、现在还在承受的悲苦，用笔写不下，用纸记不完。我妻子素来对我好，不想让我从不相干的人嘴里听到这噩耗，病得那么厉害还从意大利的热那亚赶到英格兰，亲口把这样一个无可挽回、无可补救的损失婉转地告诉我。

我继续往下朗读这封信，我感兴趣的是潜藏在《自深深处》字里行间的不语，那些王尔德没有道出的东西，他粉饰的东西，他似乎欲言又止的东西。王尔德有的是机会讲出他心中所有不吐不快的话，但在他这封信里，有一个人几乎只字未被提及，一个生平与王尔德本人有着众多相似之处的人。

此人即他的父亲，在王尔德撰写《自深深处》时已去世二十多年。既然王尔德投入那么多心血让世人知道他闯出了自己的天下，这样就不难理解，对他来说，在某些时候，有父亲似乎可能是完全多余的事。另外，他习惯假装自己是个不折不扣的孤儿。犹如《不可儿戏》里的布拉克奈尔勋爵，他的父亲无需现身。在《自深深处》里，王尔德虽然提到威廉爵士的著作和他传给自己儿子的名声，但无一处有对他父亲完整的描述，无一处具体讲到威廉·王尔德爵士是个什么样的人、从事什么工作，没有写他本人追求声誉的行为、他本人的恶名在他儿子人生的事件中引起的奇特反响，没有写奥斯卡·王尔德不是像杰伊·盖茨比那样，来自他对自己的柏拉图式的理念，而是从一个家庭里走出来，他个性中许多模棱两可的特点、他许多惊人的才华，源于他的父亲。

威廉·王尔德一八一五年出生于爱尔兰的罗斯康芒郡，父亲是位医生。他在都柏林学医，与比他年长十九岁、既是医生又是画家的罗伯特·格雷夫斯成为朋友。一八三七年，正是格雷夫斯把他推荐给一位即将登上一艘地中海游轮的病人。王尔德的第一部著作《记一次前往马德拉、特内里费岛和地中海沿岸地区的航行，包括访问阿尔及尔、埃及、巴勒斯坦、提尔、罗得岛、特米苏斯、塞浦路斯和希腊》，分两册，叙述了这次旅程。

这部著作设定一个基调，清楚表明威廉·王尔德的兴趣有多杂。诚如特伦斯·德·维尔·怀特在《奥斯卡·王尔德的父母》里所写：

> 没有他不感兴趣的东西——人们的外貌、他们的生活、每个地方的状况、那儿的历史、贸易、古迹、少女、衣裙、

公共机构……他天生是做人口普查的,但他的兴趣太广、想象力太活跃,使他无法只当个统计员……王尔德具有科学探险家的眼力。几乎什么都逃不过他的注意。

在埃及,王尔德遭到当地年轻人的攻击:

那群骑驴的小子,连同他们的牲畜,一股脑儿集体向我们冲来,他们推搡、争抢、用一种没人能懂的土话互相谩骂;有六个人同时抓着我们,不管我们愿意与否,企图把我们放到他们的驴子上。我被实实在在地从他们其中三人的驴背上提起又扔下,然后才得以使出我的棍子,帮我赶走其他想把我从我终于坐定的那头驴子上拽下来的人……整个场面简直荒唐可笑极了,经历一次足矣。有过这样的经历后,我想建议旅行者人人自备一根上好、结实、名叫"koorbag"的鞭子,这种鞭子用河马皮制成,是用来与上努比亚及蓝尼罗河流域的居民进行贸易的一样主要物品;只有它可以对付亚历山大港的臭小子。

王尔德写他行走在阿尔及尔狭窄的街道时的激动心情,描述阿尔及尔十足的异域本色("这天是我自离开英国以来度过的最兴奋的日子。在阿尔及尔狭窄的街道上遇见的这些人,他们的装束和外貌,多样纷杂的程度超过任何一个地方"),读到这些时,人们难以不想起近六十年后他的儿子如何记叙他和阿尔弗雷德·道格拉斯勋爵在那座城市逗留的时光,就在他身败名裂的前几个月,在一封从阿尔及尔寄给罗伯特·罗斯的信中,他写道:"这儿美不胜收。卡尔比少年十分可爱。起先我们碰到一点麻烦,雇不着一位像样、文明的向导。但现在一切安好,我和小弟已开始习惯抽大麻,那感觉真是妙不可言:吸上三口,带来和平与爱。"

威廉·王尔德感兴趣的不只是和平与爱。若说从儿子的信中(以及从与他和道格拉斯同行的安德烈·纪德的叙述中)读到他有多放纵享乐,那么这位父亲就有多严肃认真。奥斯卡·王尔德只顾贪恋当地的小伙子,对其他很多东西视而不见,威廉则相反,吸引他的有历史遗迹、多元的种族、他接触到的宗教和传统、当地的政治,还有野生动植物。在船上时,他让人把一头海豚拖上船,花了三天时间解剖它,从而为一篇科学论文收集素材。

回到都柏林后,威廉·王尔德一边行医,一边就任何他感兴趣的主题做讲座,从解剖学、地质学到考古学、人种学,什么都有。他开始为《都柏林大学杂志》撰写文章,这本杂志的编辑有律师兼政治家艾萨克·巴特——王尔德住在韦斯特兰路时,巴特成为他家餐桌上的常客——以及小说家查尔斯·利弗和谢里登·勒·法努。(一八七七年,他的儿子、二十三岁的奥斯卡也将给这本杂志投稿,报道伦敦格罗夫纳画廊开幕展的情况。)

威廉·王尔德还去伦敦,向英国科学促进会发表有关他旅途见闻的演讲,他在一八三九年已加入该协会。接着他继续前往维也纳和柏林攻读医学,并游览了布拉格、慕尼黑和布鲁塞尔,在布鲁塞尔,他住在查尔斯·利弗家,参观了滑铁卢战役的遗址。

一八四三年，他出版了著作《奥地利：这个国家的文学、科学和医疗机构》，一八四九年，出版了一本评乔纳森·斯威夫特的书，《斯威夫特教长人生最后的岁月》。

一八五一年，威廉·王尔德和简·埃尔吉结婚，简于一八四六年开始在"青年爱尔兰"组织的期刊《民族》上发表诗歌，当时她二十五岁。《民族》是一份激进的民族主义刊物。查尔斯·加万·达菲是创刊人之一和最早的主编。简结识了刊物的编辑和撰稿人，她写信给一位朋友："青年爱尔兰党里的人个个对祖国抱有一颗几近狂热的赤诚忠心，兼具出色的天赋和一股鲜明的诗学上的超验主义情怀。他们都会写诗，我听说过的爱尔兰的天才，无一不是他们圈子里的。"

一八四八年，在查尔斯·加万·达菲因煽动叛乱而被囚禁期间，简·埃尔吉用她的笔名斯佩兰扎在《民族》上撰写社论。有一篇的开头是："长久以来与英国这场悬而未决的战争真的打响了。"文中还有这样一句诗："要是能有十万支火枪在天国的光芒下熠熠闪耀该多好啊！"

对加万·达菲提起的控告包括撰写这篇具有煽动性的社论。审判旷日持久，他的代表律师艾萨克·巴特不同意让埃尔吉出庭承认这篇社论是她写的。开庭时，坐在旁听席的埃尔吉试图发言、声明她才是犯事人，但她被禁声。艾萨克·巴特向法官指出，事实上，这篇社论不可能出自查尔斯·加万·达菲之手，该文发表时他人在狱中。据报纸报道：

副检察长注意到，他被暗示这篇文章的作者是一位女士……（他）接着说这件事他将不予追究。让撰写此文的这位女士承担风险、出庭作证，他会感到过意不去；这位女士受人敬重，结交的都是有头有脸的人，假如她被牵连到这场闹剧中，（那么）若这位女士是他的姐妹或女儿（他将不愿把她放到证人席上）。

对查尔斯·加万·达菲的指控被撤销。一八五二年，他被选入下议院，几年后，他辞去席位，移居澳大利亚。随后，艾萨克·巴特将在威廉·王尔德及其妻子的人生中扮演重要角色，他也将是约翰·B.叶芝的朋友之一。他的名字将两度出现在《尤利西斯》里，在《芬尼根的守灵夜》里出现一次，《尤利西斯》里还提到利菲河上以他名字命名的那座桥。此外，他似乎在简·埃尔吉婚前与她有过一段情。一九二一年在约翰·B.叶芝给儿子的一封信中，他写到简·王尔德："在她还不是王尔德夫人时，巴特太太发现她与她的丈夫有染，证据确凿，她把这件事告诉了我母亲。"

巴特比威廉·王尔德大两岁。他就读于都柏林三一学院——将来奥斯卡·王尔德也是那儿的学生——后成为学院的政治经济学教授兼律师。他是坚定的保守派，反对丹尼尔·奥康奈尔发起的废除大不列颠和爱尔兰之间的联合法案的运动，但他在一八四五年至一八四七年爱尔兰大饥荒期间的经历改变了他的政治主张，使他成为一名联邦主义者，而不是联合主义者。他为多位爱尔兰革命分子辩护，包括"青年爱尔兰"组织的领袖和一八六七年芬尼亚会起义的首领，这项工作也软化了他的保守主义观点。从一八五二年至一八六五年、从一八七一年直至一八七九年去世，他担任英国议会的议员。是他最先用"地方自治"这个说法描述将爱尔兰和英国在政治上分离开的必要性，他是英国下议院里支持爱尔兰地方自治这一政治团体的首领。他的政治影响力在他人生最后几年逐渐衰微，年轻一代的议员，在查尔斯·斯图尔特·帕内尔的带领下，希望采用更激进的手段，他们在爱尔兰议会党中占据上风。除了以律师和政治家的身份闻名以外，巴特有过的风流韵事也不少，间或，在公开的集会上，他私生子的母亲打断他的讲话、诘责他。

威廉·王尔德年轻时与人育有一子，名叫亨利·威尔逊，出生于一八三八年。到他结婚时，他又多了两个私生女，艾米莉和玛丽，分别出生于一八四七年和一八四九年，她们由威廉的大哥拉尔夫照料，他是她们的监护人。（约翰·B.叶芝相信，这两个姑娘的母亲是都柏林一家"黑橡树商店"的店主。）

婚前的威廉·王尔德，不仅以名医的身份崭露头角，专治耳目疾病，创建了都柏林首家耳目科医院，他还是一位重要的古文物研究者、地志学者、民俗收藏家和考古学家，在他所处的时代，对古爱尔兰的研究正日渐盛行，并在政治上引起反响。结束地中海之旅回到都柏林后，他与比他年长二十五岁的乔治·皮特里交好，此前，乔治·皮特里已做了许多工作，重振爱尔兰皇家科学院的古文物研究委员会，在他的主持下，委员会获取了具有重要意义的爱尔兰手稿。皮特里画水粉画、作素描、收集乐谱、撰写了大量有关考古学和爱尔兰早期历史的文章。

威廉·王尔德与皮特里在都柏林北面的米斯郡合作，发现了古凯尔特人湖上住所的遗迹，这种住所被称为"crannog"，他们还挖掘出一大批手工艺品，将之陈列在爱尔兰皇家科学院。一八三九年，威廉向学院递交了一篇有关在米斯郡的发现的论文，不久当选上院士，时年二十四岁。他和一组人共同前往阿伦群岛，他们在那儿收集传说和歌谣，研究当地的风俗习惯。

在他一八四九年出版的著作《博因河谷及其支流黑水的美》的序言里，威廉写道：

> 这样讲也许会被视为吹嘘，但不管怎样这个是不争的事实，目前，世界范围内有关凯尔特人确凿可靠的历史，最大的发现将在爱尔兰；不仅如此，我们相信，无可否认的是，全欧洲除了早期希腊和罗马的王国以外，古代史拥有最多文字记载的国家是爱尔兰。

《博因河谷及其支流黑水的美》一书写于爱尔兰大饥荒过后不久，是一本详细、周密的指南，当时正值爱尔兰背上贫穷悲惨的名声，它也在一定程度上暗示，爱尔兰的山川本就雄伟壮丽，博因河谷的考古发现提供了有力的反证，表明爱尔兰无法简单地在精神上或政治上与英国融为一体。

虽然两国的议会在一八〇一年已合并，但从王尔德的书中可以明显看出，爱尔兰在本质精神上仍坚决地维持其独立性。那份精神保留在坟墓、教堂和塔楼里，这些陆地上的标志显示，在英国人开始致力于所谓开化这个国家的千百年前，这儿存在着一套富饶复杂的生活模式，完全不受外界影响。

那本书的叙述口吻动人心弦——"在爱尔兰所有现代化的城镇中，在我们的认识范围内，我们几乎想不出有地方可以与特里姆在肮脏、懒惰及冷漠程度上一比高下"——并充斥着有趣的猜测：

> 非常显著的一点是……我们不断在异教徒的土墩、古坟和别的古老建筑附近发现部分最早的基督徒的遗迹，仿佛敬畏感仍萦绕在那处场所；此外，虽然基督徒的石头堡垒取代了古代凯尔特人中的德鲁伊特的树丛，但那个地方继续受人敬拜，早期传教士的信徒筑起他们的教堂，把他们的尸骨就埋在那儿，那些土地在尘埃中圣化，或因他们祖先的勇猛而闻名。

王尔德描写了在他那个年代的爱尔兰围绕尊崇与信仰的复杂情况，异教徒和基督徒留下的历史遗迹被区别对待，关于这一点，他的评论至今仍令人回味无穷："这是事实，不可思议但千真万确，农民不愿……出于爱或钱的原因，触摸或移去一个被认为是源自异教徒的石头或土墩，但他们会大肆玷污，或为了普通造房子的目的，捣毁恢宏无比的修道院建筑，或最神圣的基督教大教堂。

王尔德笔下的博因河谷具有一系列不同的层次，互相竞争的文化交织重叠在一起。在离郡首府纳文镇不远处，他发现一座摇摇欲坠的城堡，"标志着受英国统治的爱尔兰地区的边界：它讲述着这片不幸的土地经历的暴政下最悲惨的时光，在这儿，盎格鲁-诺曼系的分封贵族既没有征服爱尔兰人骄傲的心，也没有赢得其热情爱戴，他们把自己由内至外武装起来，与我们杂居，并未使这个国家变得文明开化或丰裕富足"。

从王尔德的书里可以清楚看到，他明白要试图以中立的政治态度描绘爱尔兰的山川风貌，其本身存在诸多困难。在大饥荒过后的一段时期内，每个读者大概都能敏锐地察觉出他在评论那座摇摇欲坠的城堡时流露的借古喻今之意。但王尔德想要两者兼顾。在他写的序言里，他表现得像个忠贞不贰的臣民：

> 维多利亚女王陛下，偕她赫赫有名的王夫，刚访问了她统治下的这块领土，通过走到我们中间来这一举动，他们在压制不满、激起爱尔兰人民的效忠情感和爱戴上胜过大批好勇斗狠的将军、交换利益的政客、报纸作者和暂时取消人身保护法等等措施。让我们期待不久后她再度来访，重现这令人愉快的时光。

人们好奇简·埃尔吉会如何看待王尔德对女王及其赫赫有名

的王夫所持的见解。一种可能是她说不定完全理解这样做的必要,表里不一或至少谨慎地含糊其辞,抑或她会看出包含在文本里的那份天生的不安,源自一种双重出身。此外,在审判加万·达菲的过程中,法院拒绝提审她,这件事令她大失所望,她不再像写以前的社论时那样,昭然使用直接、煽动性的措辞。

翻来覆去、乖戾扭曲的效忠之心,把某些信念当作一种门面的想法,这两点将先后成为威廉·王尔德爵士本人及其妻儿一生中一个至关重要的组成部分。他们的名望与权势多半正是源于他们的这种反复无常和善变。谁也不确定他们的信念到底是什么,他们忠于哪一方。他们的身份经不起考验、摇摆不定,受他人意见的左右,也受外界压力的制约。

威廉·王尔德和简·埃尔吉,甚至包括艾萨克·巴特,他们是维多利亚女王时期爱尔兰的显达之士,在他们生活的年代,都柏林没有议会,爱尔兰的革命热情并非全心全意,注定会落空,或仅是文学艺术而不是严肃的政治文化的一部分。他们本身属于爱尔兰一个奇特、桀骜不驯的统治阶级,在人们眼里不完全是爱尔兰人,也不是富有的地主。他们活在一种中间状态,内心有许多想要表达的东西。说来奇怪,在他们与他们那个时代的爱尔兰建立起联系(威廉从事古文物研究,简创作诗歌和做翻译,巴特当律师)以前,他们毫无权势可言。可一旦建立起联系,他们的影响力不容小觑。

然而,这种影响力靠的是他们模棱两可的立场,取决于他们是否能够从对立的两方汲取力量,却无须完全服从其中任何一方坚守的一套准则。

在很大程度上，他们可以喜欢做什么就做什么。例如，威廉·王尔德因他在人口普查报告涉及的医疗问题上所做的工作而被授予爵士头衔，他毫无顾虑地接受了，他的妻子尽管在一八四八年曾努力想主动请罪，却乐意被冠上"王尔德夫人"这一贵族称号，甚至连奥斯卡也经常这么叫她。

王尔德夫妇是新教徒，他们生活在一个以天主教为主的国家里，祖籍是英国和苏格兰，而非爱尔兰，但他们忠于的对象除了遥远的英国——他们的一部分影响力来自于此——还有一个遥远的爱尔兰，一个由蛛丝马迹和断壁残垣组成的梦想中的国家，一个在他们的协助下可望再度形成的国度。

颇有意思的是他们身份立场上的二元性也延伸至性的领域。王尔德夫妇和艾萨克·巴特生活在维多利亚女王统治的鼎盛时期，是都柏林有头有脸的上流社会中重要的一员，但他们公然藐视与性有关的道德准则。例如，王尔德对自己有私生子的事直认不讳，他的私生子也当上了医生，并与其父亲密切合作，撰写了英语世界里第一本有关眼底检查的书。

王尔德夫妇照自己的心意与需求，把自己视为英国人或英裔爱尔兰人。在女王眼里，王尔德是爱尔兰的眼外科医生，令他和他妻子觉得自己享有特权与威望的正是压迫他们俩仰慕与研究的那套古老文化的人。然而，他们对这套文化的兴趣给予他们一种优势，使他们能够跳出自身的境遇，在思想上获得惊人的独立自主性。

在这双重权威下,他们得以举办热闹的聚会,使自己引起人们的注意并为人铭记。王尔德夫人动辄大言不惭,她对一位同侪诗人说:"你和其他诗人满足于仅用诗歌来表达你们渺小的灵魂。我表达的是一个杰出民族的灵魂。不达到这一点,我不会满足,通过诗歌,我是公认的爱尔兰全体人民的代言人。"她自视甚高:"我倒想过大风大浪的生活——这种循规蹈矩、渐进式的做法让我觉得太平淡乏味——啊,我生性狂野、叛逆、雄心勃勃。我希望能用神圣罗马帝国填满我的抱负,但最终落得当个罗马帝国皇后。"

很多后人写到王尔德夫妇。萧伯纳回忆威廉·王尔德"穿着黄褐色的衣服;他的皮肤是那种看上去永远洗不干净的颜色,他和王尔德夫人(一身盛装)并排在一起时,产生戏剧性的效果,他像腓特烈大帝,'不仅仅是肥皂和水',一如他尼采式的儿子,超脱于善和恶之外"。哈里·弗尼斯写道:

> 王尔德夫人,若梳洗干净、穿上朴素正常的衣服,或可是一位优异的德高望重的女性典范,可浓妆艳抹、俗丽花哨、悲剧女伶似的打扮使她成为一个活生生的滑稽的母亲形象。她的丈夫长得尖嘴猴腮,身形瘦小,一副可怜相,明显不修边幅、蓬头垢面,仿佛整天在尘土里打滚一般……在他们都柏林豪宅的对面就有一间土耳其澡堂(利奥波德·布卢姆、塞缪尔·贝克特和他父亲都会去的那间澡堂),但看起来威廉爵士和他妻子并未走到马路对面去过。

W.B.叶芝认识到,要理解奥斯卡·王尔德的成长变化,必须把他父母表现出的这种既才华横溢又行事乖张无常的特点考虑在内。"近几年,"他在《面纱的颤动》里写道,"我经常透过王尔德的家族史来了解他这个人。"叶芝转述都柏林的一个老谜题:"'威廉·王尔德爵士的手指甲为何那么黑?'答案是:'因为他给自己挠痒。'"

> 他们是知名人物(叶芝写道),有许多类似的传闻;民间甚至还流传着一则骇人的轶事……说威廉·王尔德爵士(当眼外科医生时)剜出某人的双眼……把那双眼睛放到盘子里,打算过一会儿再安回去,结果一只猫把那双眼睛吃了……像王尔德一家那样的人显然助长着查尔斯·利弗的想象力,他们邋遢不整、大胆放肆……想象力丰富,而且博学。

关于王尔德夫人,叶芝写道:"尽管她一定很大程度上怀着自嘲的态度,但恐怕一直渴望拥有某种不可企及的辉煌的名誉和命运……我想他的儿子是毫无自嘲意思地过着一种假想的人生;永远在演戏,这出戏在各方面与他童年和少年时所经历的截然相反……"

这些记述全是写于许多年后——萧伯纳的写于一九三〇年,弗尼斯的写于一九二三年,叶芝的写于一九二二年——必须与奥斯卡·王尔德的身败名裂及他母亲在她丈夫死后在伦敦举办的古怪的沙龙结合在一起解读,但与王尔德夫妇同时代的人也述及他们故作乖张的行事风格。例如，威廉·卢云·哈密顿爵士在一八五五年给一位朋友的信中写到简·王尔德，当时奥斯卡才一岁："她本身的确是个天才……她无所畏惧、特立独行得简直令人发噱，她公开宣称（虽然在那方面和在其他方面一样，她多半夸大自己的与众不同之处）她喜欢引起轰动。"

哈密顿给她写了许多封信，有的措辞格外殷切，很把她当回事。虽然王尔德夫妇很易招人嘲弄，但他们，跟他们的儿子一样，也把自己当回事。从其他和王尔德夫妇同时代的人的叙述中可以看出，他们备受尊敬和仰慕，实际颇具影响力。

威廉爵士，如特伦斯·德·维尔·怀特所写，"坚决反对医学上的江湖骗术和迷信思想。只需瞅一眼当时报纸上的广告即可发现变革涉及的范围有多大"。王尔德的传记作者T.G.威尔逊认为他是"他那个年代最杰出的两位讲英语的耳科医生之一"。王尔德被任命为《都柏林医学季刊》的主编。他创办了都柏林的圣马可医院，并担任院长，这家医院在不列颠群岛的眼科医院中居于领先地位。一八五三年，他出版了第一本在耳外科手术方面具有重要意义的教科书《有关耳外科手术和耳科疾病治疗本质的实际观测结果》，这本书也有美国版和德语版。第二年，他出版了《有关聋哑人的生理、心理和社会状况》。

一项医疗操作——耳科手术里的一个切口——以他命名，他的成就还包括研制出首款敷料钳和一种名叫"王尔德圈套器"的耳科圈套器。他是第一个认识到中耳在引发耳部感染上起着重要作用的人。

王尔德和他妻子继续致力于民俗学与民间传说的研究。年轻的布拉姆·斯托克，十九世纪七十年代初孤身在都柏林时，受此吸引去他们家，那儿常在讨论鬼和各种迷信观念。一八五二年，威廉爵士出版了《爱尔兰广为流传的迷信观念》一书；他的妻子出版了两卷有关爱尔兰民俗和神话传说的书。罗伊·福斯特写到这套书的影响："她的两卷本民俗学作品深刻影响了年轻的叶芝……布拉姆·斯托克可能也读过……他们俩（王尔德夫妇）对特兰西瓦尼亚的民间传说感兴趣，这点或许可与《德古拉》联系到一起。"

在她第二本书的序言中，王尔德夫人表现出的雄辩口才恐怕会令布拉克奈尔夫人感到骄傲："因而对早期的人类族群来说，神秘的看不见的世界是现实的一部分，必不可少又生动逼真；有形世界的伟大的超灵，与人类保持着一种奥妙、超自然的关系，并借助具有或善或恶的神奇力量、能主宰人的生存和行为的各种存在物来统治人类。"

身为旅行作家、历史学家、传记作家和古文物研究家，威廉可以在他的著述里做出任何写作者所称的"稀奇古怪的臆断"。但与此同时，或也许稍过片刻，他理清头脑，能够采集事实，对信息进行归类和分析，用明白易懂又时而炽热的文笔描写历史遗迹、废墟和考古发现。作为人口普查专员，他也通过他的著述，为爱尔兰人的寿命做出重大贡献。

事实上，威廉·王尔德是一位卓著的统计学家。一八四一年，人口普查委员会需要更具体地搞清爱尔兰人的死因，欲找一位医生，能比较流利地讲爱尔兰语、了解民间的习惯、熟悉乡下的情况，又对统计学怀有极大的兴趣，他们选中王尔德，当时他才二十六岁。诚然，他是爱尔兰皇家科学院院士和英国科学促进会会员这两点起到了作用，但此外，大概也与他是个收入不多的年轻医生、多半会愿意从事这份工作有关。

在爱尔兰收集信息困难重重。人们信不过从外面来的、调查他们情况的人。因此，特伦斯·德·维尔·怀特写道："在一八一三年到一八一五年间进行的第一次爱尔兰人口普查并不成功。部分原因是人们对政府的任何行动普遍存疑，认为会对他们造成不利……"

在一八四一年的人口普查中，威廉·王尔德所作的《死亡一览表报告》足足有二百零五张表格，用了七十八页大裁纸，写满密密麻麻的分析，内容包括九十四项不同类别的疾病，表述时采用口头术语、爱尔兰语里的名字和英语翻译，进而建立起一套标准的描述系统，以便将这些疾病分类汇总。譬如，他注意到，在爱尔兰，人们对淋巴结结核的叫法常常不同："恶疾、至恶之疾、流脓的恶疾、流脓的疮、瘰疬、骨疾、腺体病、一种脓肿；在爱尔兰语里称'Easbaidh bragadh'（颈部缺陷）、'Fiolun'（叵测之病）、'Cneadh Cnaithneach'（消蚀性溃疡）、'Cuit bragash'（颈部伤口）。"由此可以明显看出，从医学角度分析解读人口普查报告不仅需要统计技能，还要能识别语言上的细微差别，并对当地的风俗文化有敏锐的触觉。

二〇一六年，P. 弗罗格特在《爱尔兰医学杂志》上发表了一

篇文章，评述王尔德在人口学上的作为，他写到王尔德

> 仔细阅读了人口普查中列出的自上次（一八三一年）人口普查以来新增的一百十八万七千三百四十七份死亡病例，他试图把每个死亡病例与一般可能的原因联系起来——诸如年龄、性别、职业、贫困、热病等等。他必须想出某些别出心裁的办法，计算比较估计值，例如，他采用中位数而不是平均数，采用"按比例的"死亡率及其他手段，因为他无法得知自一八三一年以来有多少人出生，所以没有一个基数。且不论别的，这整个作业体现了王尔德既在当时罕见地精通统计原理，又精力过人，极富干劲和聪明才智。人口普查这项任务本身和它收到的热烈反响激发了王尔德更大的雄心，在即将到来的一八五一年人口普查中，他欣然接受了"助理专员"（不再仅是"临时职员"）的任命。

王尔德在一八五一年、一八六一年和一八七一年的人口普查中担任了普查专员。在为一八五一年的爱尔兰人口普查准备问卷时，他独到而史无前例地把几个有关身体和精神残障的问题包含在内。其他国家没有收集过这方面的数据。有些信息汇编于主普查期间，其他部分通过附加的问询来完成。在收到一八五一年的普查结果后，王尔德写了两大册、七百多页的报告，讲解从普查中得来的有关疾病和死亡率的信息。他还负责监督了其他八册报告的撰写工作。由于爱尔兰在一八六四年以前没有推行死亡登记

制度，王尔德在死亡率方面所做的工作弥足珍贵。加上一八五一年人口普查的统计工作涉及爱尔兰大饥荒期间的死亡人数，因此他收集的资料无比重要。

此外，由于收集的证据显示贫困和死亡率之间存在明显关系，所以王尔德的报告也具有相当重要的政治意义，他不惮于批评政府在爱尔兰的健康卫生和社会福利上的政策，把他的观点建立在自己全面详实、积极而准确的调研上，表现出独立的思考精神。诚如一位历史学家所写："威廉·王尔德认为科学的医疗实践提供了一个把爱尔兰社会从历史浩劫中解救出来的手段。"

通过在统计学和流行病学方面的工作，威廉·王尔德爵士成为维多利亚时代存在于爱尔兰的一股驱动力的关键主导人物，这股力量旨在勘测这个国家的疆土，整合这个国家，厘清它的过去和现在。王尔德将对爱尔兰的现状及其历史遗产的研究与其他地方的研究体系对应起来，这样做使他在忙着观察记录这个国家的同时，实际暗中削弱了这个国家十分蛮荒、另类的一面。王尔德满怀着理想主义、爱国主义和尽忠职守的无辜态度，在这复杂的情感下，他视其职能为现代化、文明化的系统的一部分。

王尔德的广结人缘和他在那么多不同课题上倾注的心血——有些课题要求具备清晰的头脑，能敏锐地抓住重点，其他则需要自发的热情和想象推断的本领——这些付出都是有代价的，或其实正是一种复杂人格的表征。弗罗格特指出：

在相当一大批文书职员——通常是十几人左右，但有时多达三十人或不止——的协助下,王尔德本人完成的工作量极为庞大……与此同时,他还忙着挂牌行医和进行其他更撩人的韵事。他写信给爱尔兰总督,索要似是最初承诺的一千八百英镑报酬,但目前只收到七百英镑,从信的口吻中可以体会到那种忙碌的节奏……"十八个月里(一八五四年十一月至一八五六年五月),我放弃了一切联谊聚会和娱乐消遣,为了这项繁重的任务,不止一次因连续不断、没日没夜的工作而健康受损。"

王尔德对工作和交友的热情、他的不知疲倦,包含着隐秘的一面,为他妻子所认清。埃默尔·奥苏利万在她的书《王尔德府的没落》里引用简的一封未注明日期的信,信中,她告诉一位苏格兰商人兼文人约翰·希尔森——他是她婚前结识的友人——她的丈夫虽然是

都柏林最健谈的人,著有许多书,文学的和科学的……但在家时,他性情古怪、神经质、疑心重,这一点是世人并未看到的……外人眼里才学盖世的我的丈夫把自己包裹起来……像罩着一个黑色的棺罩,严肃、苛刻、悲伤、沉默,俨然跟坟墓一样……我问他有什么可以令他开心的事,他回答"死",但下一刻,若有什么令人兴奋的事唤起他的兴趣,他将全身心投入生命的洪流,仿佛生命是永恒不变的。他的人生充满持续不断的内心戏。

结婚一年后,王尔德夫妇的大儿子威利出生。又过了两年,一八五四年,奥斯卡出生,他们的女儿伊索拉出生于一八五七年。在奥斯卡出生的前一年,他的父亲买下"红岛",一栋供人钓鱼度假用的小舍,位于爱尔兰西部的康尼马拉,可以俯瞰菲湖,占地十三英亩。后来,他又在十英里外造了一间度假屋,取名摩耶图拉,可以俯瞰科利比湖。奥斯卡出生后的第二年,王尔德夫妇从他们位于韦斯特兰路的住处搬到梅里恩广场一号,一栋气派得多的乔治王朝时期风格的宅子,他们在那儿雇用了六个仆人。

王尔德夫妇一生热衷于社交和求知,他们的孩子在这两方面受到耳濡目染的影响。一八八〇年,奥斯卡写道:"八岁时,(他)在他父亲的宴席上听到人们把一个个话题驳倒,这些人里不仅有爱尔兰杰出的天才,还有欧美的名流。"

一八五七年七月,瑞典作家洛腾·冯·克拉默和她担任乌普萨拉省省长的父亲前去拜访王尔德夫妇。虽是下午一点,但管家告诉他们,王尔德夫人还未起床。当威廉·王尔德走出来时,冯·克拉默注意到

> 这位显赫之士有点驼背,多半由于连续不断的工作而非年纪……他的动作里包含几分仓促之意,让人即刻感到,他的时间宝贵无比……他怀里抱着一个小男孩,手里又牵着一个。他的目光落在他们身上时带着满足之情。不一会儿,他打发他们自己去玩,从而专心招呼我们。

克拉默到访之际，威廉·王尔德正在为爱尔兰皇家科学院的藏品编写目录，这项工程屡次失败，于是他答应由他独力承担。埃默尔·奥苏利万写道："藏品目录不仅是简单的物件清单。它对每样东西做出细致的描述，连同其历史和来源，因此需要提供大量背景知识，包括编号的参考资料、历史性的联想和引文。"

这份工作格外累人，并因为王尔德决定使用图画和木刻代替照片、按照类型而非年代顺序进行编目而饱受争议。一八五九年，他写信给科学院理事会："若知道编写目录要耗费这等心力，我不会考虑单靠我一个人来完成；我可以毫不夸张地讲，做这件事是在赔上我的性命。"

科学院决定中止资助这个项目，王尔德因此苦闷不已。王尔德夫人在他死后写道："需要的资金终于筹齐，第二和第三部分的编目工作得以继续，威廉爵士自掏腰包了大部分，在各种为国家民族出力的事上，他一向慷慨大方；但这项任务就这样停罢，是资金短缺还是科学院的人缺乏兴趣，原因很难说。"

藏品目录的第二部分于一八六〇年出版，一八六二年出版了第三部分，一八五七年八月，英国科学促进会在都柏林有个会议，第一部分正好赶在他们到来前完成。威廉·王尔德作为爱尔兰皇家科学院的外务秘书，邀请协会的人种学小组去阿伦群岛。他们在高威包了一艘蒸汽快艇，将其中的七十位成员送往群岛中最大的那个岛。王尔德领着这些学者在岛上四处考察，翻墙、爬山，用一把小哨子召集他们。

第二天傍晚，他们研究够了古迹，威廉·王尔德安排了一场宴会，招待这些来访者，地点设在异教徒的敦安古斯堡的围墙内，那座堡垒是岛上最壮观的遗址，呈半圆形，建造在一处很高的悬崖边缘，陡峭的崖壁直落近一百米，底下是大西洋。来访者中有诗人塞缪尔·弗格森和画家弗雷德里克·伯顿。

同样也在那群人中的作家马丁·哈弗蒂回忆："这儿是我们最后所至也最勾起我们兴趣的地方——我们朝圣之旅的主目的地和目标……这儿是阿伦的卫城……皮特里博士形容这处庄严而古老的废墟是'目前欧洲尚存的最宏伟的非基督徒留下的遗迹'。"哈弗蒂描写打开食篮的情景、雪利酒、"丰盛的"晚餐。"那天过得愉快极了，"他写道，"尽管有海上的微风吹拂着我们，但太阳还是略嫌暖和，成群结队的岛民在崩毁的遗址四周围观。"很多人在宴会上致辞——都柏林三一学院的院长、讲法语的法国领事、乔治·皮特里，后者提议为从三十五年前开始接待他至今的那位当地居民干杯，当时，他是第一位认真研究岛上历史遗迹的考古学家。

威廉·王尔德在他的发言里恳请岛民保护那座古堡，自从皮特里早前来考察过后，那座堡垒的受损程度日趋严重：

> 首先，别忘了，这些遗迹是你们自己的同胞一手建起来的，他们早已作古，这些遗迹讲述着一段他们的历史，你们该为这段历史感到骄傲，他们的历史全都写在这几面墙里，现在，这几面墙由你们来守护。你们完全有理由为此感到骄傲；这些雄伟的古迹纪念着你们的祖先、那些勇敢的人，纪

念着他们的辛勤劳动、他们为保卫这片留给你们及其后代的土地而做的斗争。正如他们在战争中守卫这些堡垒一样,请你们在和平时期也一定要守卫好这些堡垒,让你们孩子的孩子可以看到陌生人前来瞻仰它们,像我们今天来这儿一样。

致辞一完毕,据哈弗蒂所述,"一位乐师,用风笛吹奏了几首欢快的曲子,敦安古斯堡的宴会在一种爱尔兰的吉格舞中宣告结束,法国领事加入了跳舞的行列,感情饱满"。

如同在都柏林和一八五七年在阿伦群岛所做的那样,与外国学者建立联系是威廉·王尔德日常工作的一部分。十九世纪六十年代初,他被选为柏林古文物研究协会的名誉会员,收到乌普萨拉一家皇家学会的学位证书和都柏林三一学院的荣誉博士学位。在一八六四年颁给他爵士头衔的嘉奖令上写着:"王尔德先生,我提议授予你爵士头衔的荣誉,不仅是表彰你在欧洲范围内享有很高的、得到很多欧洲国家认可的专业声望,更多是说明我意识到你在统计科学,尤其是与爱尔兰人口普查有关的统计学上做出的贡献。"

在都柏林城堡举行的授爵仪式上,据一份报纸报道,简·王尔德穿了"一袭礼服,裙裾和胸衣均用层层叠叠的白色绸缎缝制而成,镶有大量紫天鹅绒与金灯芯绒的花边,裙摆也是层层叠叠的白色绸缎,加上薄纱褶裥和绸缎皱边,并搭配一件用货真价实的布鲁塞尔蕾丝垂布所制的华丽外套:饰品,钻石"。正如埃默尔·奥苏利万在她书里所强调的,威廉受封爵士一事受到广泛热

烈的反响。譬如,《自由人报》写道:

> 这次大概是总督行使特权最深得民心的一次,恐怕从未有过像这样受爱尔兰各阶层欢迎的代表着君权的决定。在医生这一行,民众看到,王尔德医生(现今的威廉爵士)在过去二十五年中出于爱国之心所做出的种种贡献,无人能及……他创立了都柏林首屈一指的治病救人的医院,并于最近一直出钱捐助这家医院。我们相信,都柏林的市民和爱尔兰的贫苦百姓永远不会忘记他的这项举动。

一八六四年夏,受封完的几个月后,王尔德夫人在给一位朋友的信中写道:"自我们获得爵位以来,道贺的晚宴和邀请接踵而至,多不胜数,使得我们在一段时期内活在灯红酒绿中——现在我们清静了——一切喧嚣与热闹已远去——我开始考虑重新唤醒我的灵魂。"

在这些荣誉降临和随之而来的灯红酒绿的生活中,在威廉·王尔德爵士的名望达到巅峰、王尔德夫人准备重新唤醒她的灵魂之际,他们已经被一个名叫玛丽·特拉弗斯的女子盯上,她曾是他的一位病人。她的父亲罗伯特·特拉弗斯医生是都柏林三一学院的法医学教授。一八五四年七月,奥斯卡·王尔德出生的三个月前,十九岁的玛丽在她母亲——她和她母亲通常互不理睬——的陪同下,来威廉·王尔德的诊所看门诊,说她的听力有问题。王尔德因为认识她的父亲,所以没收诊费。

玛丽内心孤独。她的两个哥哥已移民澳大利亚，她与父亲的关系疏远，她的父亲与她母亲过着分居的生活。当治疗结束，她继续去找威廉·王尔德，在她父亲的同意下，王尔德给她手稿，让她校订，并向她推荐书，以这种非正规的方式指导她的学业。不久，他们开始通信。他带她出席公开的活动，在经济上接济她，一家人远足时让她也同行。接下来的几年中，王尔德夫妇与她过从甚密。

他明确告诉她，王尔德太太一直在密切留意他们。这一点似乎令玛丽·特拉弗斯感到不安，但威廉·王尔德继续给她写信——信中显示玛丽和简·王尔德之间始终存在一些龃龉——并试图维持与她的亲近关系。"假如王尔德太太请你来吃饭，"他在给她的信中写道，"你还会像以前那样照来，与她交好吗？"一八六一年圣诞，玛丽受邀与王尔德夫妇共进晚餐。

不过显然，威廉逐渐厌烦起她。一八六二年三月，他替她支付了去澳大利亚的路费，她可以在那儿和她哥哥一起生活。她只到了利物浦，却没有登上前往澳大利亚的船。两个月后，她又干了同样的事。一八六二年六月，在王尔德夫妇位于梅里恩广场的住所，玛丽擅自闯入简的卧室。两个女人起了争执，但吵得不凶，几天后，玛丽仍按原计划带王尔德的孩子出门远足。但简后来说，玛丽·特拉弗斯再没跟王尔德夫妇一起用餐。

玛丽写信给威廉：

> 我已得出结论，你和王尔德太太在对待我的问题上意见

一致,也就是说,你们想看怎样可以对我构成最大的羞辱。就你而言,你这样待我,完全是我应得的,但对于王尔德太太,我不欠她一分钱;因此我无须对她的侮辱忍气吞声。我唯一后悔的是这么久以来,因为王尔德医生的屈尊降贵而任自己受人践踏,我将心怀感激地记得你的眷顾。这份惩罚虽然严酷,但不无裨益……我不会再烦扰你了。

随后她寄了一张照片给威廉,被简退回,还附上一封冰冷的短信:"亲爱的特拉弗斯小姐,王尔德医生将你的照片退回。谨启,简·王尔德。"

玛丽继续给威廉写信。她喝了一瓶鸦片酊,是威廉陪她去韦斯特兰路的药房买解毒剂,并确保她服下。在这段时期内,他一度诊治了她脚上的一个鸡眼,她因此而写道:

嗨,你这个居心叵测的老疯子,既然你打算为我做点什么,那么请割除我的鸡眼吧,之前你一心想把它医好。当你的妻子不在场时,我会让你专心致志地工作,等她回来时,我会见一见她;所以这次你最好别耍我。

一八六三年七月,玛丽请一个记者朋友炮制了一份她的讣告,弄得像真是从报上剪下来的,她把这篇讣告寄给简,当时简正住在王尔德夫妇拥有的一栋海滨度假屋,位于都柏林以南的布瑞镇。(威廉爵士在那儿造了四栋房子,其他三栋租了出去。)当简带着孩子回到梅里恩广场时,玛丽再度出现在那儿,与简和几个孩子正面相迎,想要引起注意。她不愿离去。

而后,玛丽·特拉弗斯用简的笔名斯佩兰扎,写了一本小手册,标题是《弗洛伦斯·博伊尔·普赖斯;或,一则警示》。册子里讲述了奎尔普医生和他妻子的故事。奎尔普医生有

> 一副恰如野兽般的邪恶表情,原因在于他的嘴,那张嘴长得极其丑陋粗俗,下嘴唇挂着,向外突出,令人作呕。他的上半张脸补救不了下半张脸;他的眼睛又圆又小——目露凶光,贼溜溜的,最重要的是,我觉得那双眼睛缺少一种让医生变得慈眉善目的表情,与我的预期不符……奎尔普太太是个另类的不事家务的女人。她人生大部分的时光在床上度过,除非遇到国事礼仪,否则她不见客。

小册子里描述这位医生遇到一位女病人弗洛伦斯,在接触过程中,这个姑娘被下了氯仿。她

> 冲向门口,但被败露的奎尔普拦住,他猛地跪倒在地,试图将爱、绝望和悔恨的心情一并如火山喷发般地宣泄出来;但吓破胆的弗洛伦斯恳求放她离开这个危险之地。她不敢呼救,知道这件事会成为她少时这位友人无法弥补的污点,会永久性地毁了他,这个行将就木的老头。她担心他疯了,她这么讲,并请求让她离去。

特伦斯·德·维尔·怀特写到这本小册子："任何美化王尔德的描述均无法与之相抵，即使我们看着他的照片，我们对照片里的他的认识也受特拉弗斯小姐这番致命的评语的影响。她了解他，她又对他产生恨意。这种源自仇恨的洞见格外一针见血。"

玛丽·特拉弗斯将这本小册子印了一千份，寄给威廉·王尔德的病人和王尔德夫妇的朋友。后来，简·王尔德证实：

> 一八六三年十月，或是九月底，我首次注意到这些小册子；有一本通过邮局匿名寄给我，随后又陆续收到好些；有的直接投入我的信箱，其他的用邮寄的方式，还有别的，是朋友拿来的；多得让我们应接不暇；有一本通过邮局寄来时仅是折着，因此谁都可以读；这样的事持续了很多个月；我听说这些小册子被抛在拉斯莫恩斯路上……

这一时期，威廉·王尔德在公众心目中的地位达到前所未有的高度，可尽管如此——或也许正是在此刺激下——玛丽·特拉弗斯继续不遗余力地试图令他难堪。她给他写信，索要二十英镑，并表示："倘若你不像往常那样及时回复，有你的好看。"一八六四年二月，当时分别是十一岁的威利·王尔德和九岁的奥斯卡·王尔德，被送到弗马纳郡恩尼斯基林附近的普托拉皇家学校。简在给一位友人的信中写道："他们一眨眼长成了小伙子，两人都很聪明优秀。"

四月，正当威廉爵士要在都柏林的大都会厅作一个题为《爱尔兰的过去和现在：土地与人民》的讲座时，五个报童走入听众席，举着大标语牌，上面写着："威廉·王尔德爵士和斯佩兰扎。"他们借助一个从拍卖店弄来的手摇铃，给这本小册子打广告。玛丽·特拉弗斯坐在不远处的一辆马车内，观望事态的发展。这些报童喊道："威廉·王尔德爵士的书信。"每本小册子卖一便士。介绍这本小册子的传单声称"作者将威廉·王尔德爵士怯懦的一面展示在公众面前"。其他传单上印着从十七封威廉爵士写给玛丽·特拉弗斯的信中摘录的话，这些信暗示，他们的关系超出了寻常一位医生和他的病人之间的往来。

那晚，当王尔德夫妇回到梅里恩广场时，他们发现又有人送来一本这个小册子，附有一张短笺："上周三在音乐厅售卖，所得将用来支付扩充版的费用。"翌日，报刊用更多版面报道了发生在大都会厅外的事，而忽略威廉爵士讲座的内容。简躲到布瑞镇去，玛丽·特拉弗斯紧随其后而至，让一名少年把这本小册子送到她所住的那条街的每户人家。那名少年也去了王尔德夫妇住的房子，使事情变得更糟。他被打发走，可第二天又再去，拿着若干小册子和一块标语牌，上面写着威廉·王尔德爵士和斯佩兰扎的名字。简夺过一本小册子和那块标语牌。玛丽向当地法院起诉，控告简盗窃罪，以示报复。

五月六日，简致信玛丽的父亲，做出下述回应：

> 先生——你大概未闻悉你的女儿在布瑞镇的不光彩行径，她结交地方上各个低贱的报童，雇他们分发侮辱人的标语牌，

上面直接写着我的名字，此外还有小册子，她在里面清楚写道，她和威廉·王尔德爵士一直有私情。假如她选择自己丢人现眼，那么做不干我的事；但由于她攻击我的目的是想勒索钱——她已三番五次向威廉·王尔德爵士要过钱，威胁若拿不到将做出更骚扰性的举动——所以我想应当知会你，再怎么攻击威胁，我们也不会给她钱。她用如此卑鄙的手段来协商和索要名誉损失费，我们决不会满足她。

三个星期后，玛丽·特拉弗斯见到这封信，她以诽谤罪起诉，要求赔偿两千英镑，威廉·王尔德爵士给列为共同被告，因为在法律上，他对他妻子的任何民事不法行为负有责任。王尔德夫妇决定不庭外和解，一八六四年十二月十二日，此案开庭审理，历时六天，受到广泛的报道。代表玛丽·特拉弗斯的律师中有王尔德夫妇的老朋友、令人仰之弥高的艾萨克·巴特，他刚从伦敦回来。约翰·B.叶芝引用一位律师的话："巴特是我生平认识的人里心地最好的，但他没有原则。"同时，著有艾萨克·巴特传记的特伦斯·德·维尔·怀特写道：

王尔德绝非是个大家都喜欢的人，巴特可能对他并无好感。不管怎样，巴特大概认为，出于私人原因而拒绝向受害一方施以援手，违背了他一向秉持的职业操守。他也许不赞成他当事人的做法，但他多半相信王尔德对她有过不良举动，她的疯狂行为是受其虐待的结果。

玛丽·特拉弗斯声言，一八六二年十月，威廉·王尔德爵士在其诊所为她治疗她脖子上的一个烧伤疤痕时，对她下了氯仿，趁她失去意识之际强暴了她，这条指控最为严重。根据审判程序报告上所记录的：

> 他摘掉她的系带女帽，以便检查她的颈前部……他紧紧按住她，使力之大，以致她说："你快把我掐死了。""我就想掐死你——"他说，"我忍不住。"她在庭上陈述，她失去意识，有人朝她脸上泼水，她醒来，被告知，假如她不醒，那样会把他们两人都葬送了。

艾萨克·巴特问玛丽："如今你能否根据你观察到或已知的情况说明，在照你所述的失去意识期间，你有无受到人身侵犯？"玛丽回答："有。"巴特问："有吗？"玛丽再度回答："有。"

玛丽和威廉爵士之间的书信，部分段落被当庭宣读出来，从中可见，他们似乎经常吵架，然后又和好。在这些信里，有证据清楚表明，威廉爵士寄钱给她，偶尔还有衣服。

虽然王尔德夫人同意出庭作证，但威廉爵士不肯出庭。巴特以对方律师的身份盘问了简半日，她对自己丈夫与玛丽·特拉弗斯有染这整件事表现得满不在乎。巴特甚至试图把简以前翻译的一本小说提出来，拿书里放荡的基调说事，但被法官阻止。简企图一笑置之的态度，对她的官司无益。在提到玛丽寄给她的伪造的讣闻时，她说："我记得我下次见到她是一八六三年八月——在她死后。"诚如特伦斯·德·维尔·怀特所写:"她本该暂时破例放下她高高在上的姿态才对。"

艾萨克·巴特在他的结案陈词中言及威廉·王尔德爵士的拒绝出庭:

> 我可以理解他走上法庭,说他的妻子是在怒火冲天的情况下写了那封信……我可以理解他那样做。假如他采取的是那种对策,陪审团应该会深受触动……他让自己躲在妻子身后,恕我直言——我不得不讲——这样的抗辩是懦夫所为……我不管威廉·王尔德爵士集多少荣誉于一身……但这个人指使他的律师称他朋友的女儿、那个遭他凌辱的女子做伪证……不配受人们这般尊敬。那样不是一个男人的做派。我很遗憾,一位爱尔兰有身份有地位的人竟如此行事……若她讲的是实情。若不是,威廉·王尔德爵士为何不出来反驳呢?

据报道,巴特的结语如下:

> 请勿盲从,别忘了,她曾仰慕王尔德医生长达近十年。十九岁时,她被王尔德医生所吸引,视他为超人。他逐渐巧妙地了解她的需求、她在家受的委屈、她家的贫困,离间她与她母亲的关系,教唆她对她的牧师不满。

巴特讲到自他们首次见面以来威廉爵士主宰了玛丽的人生："从那一刻起，她完全成为他的奴隶，就像歌剧里泽丽卡成为蒙着面纱的先知的奴隶一样……原告做出的事确有不当，但是谁逼得她这么做的？在她母亲带她去看王尔德医生、把她交给他照顾时，她是个十九岁的少女。"

他把威廉爵士比作"一剂精神上的氯仿，麻木她的官能，用恐怖的场景令她方寸大乱，使她丧失意志，臣服于毁灭她的那个人"。

巴特形容玛丽·特拉弗斯：

> 我相信她不自觉地爱上了威廉·王尔德爵士……对方暗示她是他的情人，但其实不然，威廉爵士的信表明，事实并非如此……她被赶出他家，因为她掌握了他的秘密——她隐瞒了他的罪行……她的种种行为和她自费印刷的各种出版物无非是在表达一颗破碎的心……那个请宣过誓的你们相信他受了诬告的男人，避而不出庭，不敢立誓证明他受了诬告，反倒要十二位爱尔兰的陪审团先生立誓相信他受了诬告，在这种情形下，你们会谴罪于这名女子吗？

法官在他的总结性概述里表示，威廉爵士和玛丽·特拉弗斯之间的通信"是一名已婚男子和一个有着其吸引人之处的少女之间发生的一桩性质非常特殊的事件"。他补充说，假如她的强奸指控是作为刑事诉讼而提起，法庭恐怕根本不会受理，因为她没有在事发时报案,并继续与王尔德通信,接受他的恩惠,跟他在一起。

经过短暂的商议后,陪审团判定,王尔德夫人写给玛丽·特拉弗斯父亲的信对她构成诽谤。虽然做出的赔偿被视为仅是象征性的,但这一裁决意味着王尔德夫妇要承担费用,总计两千英镑,相当于今天的近二十五万英镑。《爱尔兰时报》最后写道:"一场如晴天霹雳般震动都柏林上流社会的诉讼就这样结束了。"

*

雷丁监狱的管制不像奥斯卡·王尔德被监禁头几个月所待的彭顿维尔和旺兹沃思那么严厉。譬如,他在雷丁监狱不用干辛苦的体力活。他被安排在花园劳动,并被委任负责给其他狱犯送书。他极其看不惯艾萨克森上校——他初入雷丁监狱时的典狱长,以他一贯伶俐的口才,形容这位上校"眼睛似雪貂,身子像猿猴,灵魂如老鼠",但他逐渐对在一八九六年七月接替了艾萨克森的J.O.纳尔逊少校心生钦佩,当时王尔德还有十个月的刑期要服。正是在纳尔逊主管监狱期间,王尔德在他的牢房里写下了《自深深处》。

那个星期日下午,我连续不间断地朗读《自深深处》,没有看时间或休息。王尔德时不时在文中夹杂几个希腊语词,我努力在念到这些单词时不磕巴。作品的基调从沉思、遐想转为亲密至极,变成自白式的私语。很难不去想象奥斯卡·王尔德仰面躺在他的木板床上，意识到在他的人生及他家人的经历中，有某些事是阿尔弗雷德·道格拉斯勋爵不知晓也不必知晓的。譬如，一八六四年十二月，他从普托拉回到梅里恩广场过圣诞假期，他不可能对前几个星期在法庭上发生的事一无所闻。

值得注意的是，玛丽·特拉弗斯告王尔德夫人的官司和奥斯卡·王尔德同昆斯伯里侯爵的官司之间存在诸多联系。首先，特拉弗斯和昆斯伯里两人都做出过分激动、无惧、近乎疯狂的行为，意图当众和私下分别让威廉爵士和奥斯卡·王尔德难堪，骚扰他们，且都是在这两人日渐声名显赫、给人感觉越来越难以撼动的时候。玛丽·特拉弗斯守在威廉爵士即将开始的讲座外的画面，近似于一八九五年昆斯伯里侯爵企图在《不可儿戏》首演当晚闹事的画面。两人都想利用一个盛大隆重的机会，把事情搞得惊天动地。

特拉弗斯和昆斯伯里也都留下书面的控诉，供大家阅读，前者是小手册，后者是一张写着"鸡奸犯"的卡片，放在奥斯卡·王尔德所属的俱乐部。两桩纠纷都围绕一段长期、风波不断的性关系，一方是王尔德家的成员，另一方是一个比他年轻的人。两桩纠纷都显示，这个人被王尔德家的成员所糟蹋。两桩纠纷也都牵扯出一起诽谤诉讼。在两起诉讼案里，对方的代表律师都是某个和王尔德一家相识的人。虽然奥斯卡·王尔德和代表昆斯伯里侯爵的爱德华·卡森没有太多交情，不像他的父母与艾萨克·巴特那样相熟，但他们一同就读于都柏林三一学院。"无疑，他肯定会怀着新仇旧恨来履行他的任务。"王尔德在听闻卡森将接受辩护委托后说。巴特和卡森都是雄心勃勃之士,后成为颇有影响力的政客,他们都试图拿一本书做证据,暗示陪审团,证人的道德有问题:第一起诉讼里是王尔德夫人翻译的那本小说,第二起里是《道连·葛雷的画像》。王尔德夫人和她的儿子在出庭做证时均一笑置之,试图采用一种高高在上的语气。两次,事件的主要焦点人物,威廉·王尔德爵士和奥斯卡,都正好有两个幼子,案件审理期间,他们都在外地上学。

不过,远更重要的是这两起事件的区别,尤其是结果不同。奥斯卡进了监狱,被拒于上流社会之外,而医学界的许多人士在诉讼过后对威廉爵士表示支持,埃默尔·奥苏利万在《王尔德府的没落》里着重提到这一点。例如,一八六四年圣诞前夜,《柳叶刀》驻爱尔兰的通讯作者就最后的判决写了一篇社论:

> 威廉·王尔德爵士必须自我庆幸,他经历了一场磨难,全市他这一行的所有同仁均站在他一边,支持他;有人对他提出一项可耻又出乎意料的指控,他被宣判无罪,他甚至无须放下身段,被迫忍辱走上证人席,宣誓反驳对他的指控,由我们最干练的一位法官明确表态,由一个十分贤明的特别陪审团做出裁决,得到市民同胞的一致赞成,以及——我相信他决不会小视这一条——他本行业的每位成员的一致肯定。

然而四天前,伦敦的《泰晤士报》在对王尔德夫人表示同情之际,并未以同样宽大的态度看待威廉爵士的行为:

她（玛丽·特拉弗斯）没有否认，即便在控罪发生以后，她仍收下威廉爵士的钱，她还坚称，虽然她曾要过钱，但这些钱是自愿给她的，有时她也归还。简而言之，从她提供的证据可以大致得出结论……威廉爵士最初因职业关系与她相识，对她的私事产生巨大兴趣，想对她施以援手，逐渐发展出亲密的关系，后利用这种关系做出不当行为。事后，她想尽办法报复，所用手段招致王尔德夫人的干涉。

王尔德夫人写信给一位瑞典友人，指出

特拉弗斯小姐精神有点不正常。她一贫如洗，成天来我们家借钱，我们可怜她，所以对她非常友好——但突然间，她对我心生反感，反感到仇恨的地步。这件事搞得人很头痛，但自然没有人相信她的说辞。现在，全都柏林的人都上门向我们表达慰问，这儿以及伦敦的医学界人士纷纷寄信来，说他们无法相信这项（确实）荒唐的指控。这件事不会伤到威廉爵士，最有力的证据是他在工作上从未像现在这般忙得不可开交……幸好现在一切都已结束，我们的敌人一心想陷害我们的企图显然落了空。

据艾萨克·巴特的传记作者所述，这件官司也让他"客户盈门"："仅一日内就有十七人委聘他做辩护律师。他深感得意。"

特拉弗斯这件诉讼案似乎没有明显影响到王尔德夫妇的生活。

比如，一八六五年五月，威尔士亲王到都柏林来时，他们受邀参加在市长大人宅邸举行的舞会，与他见面。一八七〇年五月，威廉爵士与其他各领域的杰出人士参加了一场在都柏林一家酒店举行的会议，由艾萨克·巴特发表演说，旨在成立爱尔兰自治协会。一八七三年，威廉爵士还获得爱尔兰皇家科学院颁发的最高荣誉，坎宁安奖章。

这件诉讼案或可被视为又一次表明了声望的意义，正如一八四八年，王尔德夫人一心想当被告，这让她更声名狼藉，却没有对她造成显见的伤害。

到一八七一年，她曾试图介入的那场审判的当事人查尔斯·加万·达菲当上了澳大利亚维多利亚州的州总理。在十九世纪下半叶的爱尔兰，政治犯慢慢开始被当作英雄。诚如威廉·墨菲在《政治监禁与爱尔兰人：1912—1921年》里写的：

> 他们把监狱变成布道坛、临时演讲台、舞台，假如保全性命活下来，身为政治犯服刑的时间将是投身爱尔兰公共事务的一个重要指标……胸怀大志的人悟出这个道理。截至1889年3月初，有二十四位在职的爱尔兰下院议员至少坐过一次牢，这一趋势还在持续……艾萨克·巴特因担任特赦协会——创建于1869年，为要求释放被囚禁的芬尼亚会成员奔走活动——会长而确立起根基，在此基础上，于1870年发起自治协会，1871年成为下院议员。

一八八二年，奥斯卡·王尔德在美国做了一个题为《一八四八年的爱尔兰诗人》的讲座，回忆"青年爱尔兰"的成员、所谓的"四八年人士"，来他父母家参加聚会。这些人里不仅有加万·达菲，还有约翰·米切尔——他的《狱中日记》在一八五四年、奥斯卡·王尔德出生的那一年发表问世——和威廉·史密斯·奥布莱恩，他在一八四八年被判处死刑。获得减刑后，史密斯·奥布莱恩被移送至塔斯马尼亚岛，于一八五六年回到爱尔兰。

这样讲不是表示一八六四年对威廉·王尔德爵士的指控和对他妻子的诽谤诉讼有任何政治色彩。那件官司针对个人、与性有关，纯属私事。但当时的情况确实表明，出庭受审然后入狱是一件已司空见惯的事，或甚至在梅里恩广场、奥斯卡·王尔德从小生活的那栋宅子里，这件事令人心驰神往。在他父母举办的社交晚宴上，忠于王权还是忠于维多利亚时代的性道德，绝不是一成不变的。

这种摇摆不定的态度也许给谈话增添了火花，另外，由于王尔德塑造得最出色的人物不服从一切规则，这种态度或也给他后期戏剧方面的作品提供了养分，可一旦他必须站在英国法庭的证人席上，不同于他的父母，面临将被实际判处徒刑时，这种态度无助于他。

奥斯卡·王尔德在《自深深处》里列出各种证据，说明他的家庭和阿尔弗雷德·道格拉斯勋爵的家庭不一样，其中，对上法庭和坐牢的相反看法可能是最深刻的分歧。一八九七年初王尔德在那间牢房里写下的篇章,从他所用的语气中可以感受到一种震惊,因发现想象中的监狱和后来——在他四十岁、发觉自己被判刑时——他切身体验到的真实的监狱之间存在差别。一八九七年二月,如王尔德在《自深深处》里所写的,纳尔逊少校对王尔德的友人罗伯特·罗斯讲:"他气色不错。但和每个干不惯体力活的人被处以这样的刑罚一样,他活不过两年。"

事实上,王尔德在获释后的三年半才去世。他的父亲在玛丽·特拉弗斯诉讼案后又活了十一年有余。一八六七年,威廉爵士出版了《科利比湖、其湖滨与湖上的岛屿》,这本书是他文笔最轻松又最引人入胜的作品。他乘汽船沿湖岸四处游历,然后细致周密地研究了此前他在摩耶图拉所建的那栋度假屋附近一带的地理风光,从中人们可以看出他的求知精神、他的热情和他的学识。他不是一位出色的作家,相反,他在写作时设法让自己表现得像个十分健谈的人。书里,处处能强烈而不由自主地感受到他本人的存在,他测量古老的遗址,就常规的建筑手法提出他的理论,抱怨重要的古建筑糟糕的维护状况。

例如,在解释为什么某些教堂不是按理应那样的呈东西向时,他提出独到的观点,认为建造者"在设计这些教堂时,依照的是动工之际那一时节的日升和日落"。

当他发现自己置身于中世纪方济各会的罗斯·艾瑞里修道院的遗址时,他即将既被那儿的氛围所打动,又对那儿疏于保护的程度感到惊骇:

走在这些壮观的遗址间,它们体现出如此不凡或甚至堪称奢华的品位,让人忍不住想象四五百年前里面住满人时的情景;用完餐后,身着棕色长袍的托钵修会修士漫步于毗连的回廊上,回廊的拱顶有好几处造得简直完美无缺。可当我们离开被分配用来给神职人员提供衣食住的那部分遗址……从堆满骷髅人头和尸骨的西入口走进宏伟的教堂、进到宽阔的走道或正厅时,眼前的画面变得惨淡起来,顷刻间,我们迎面遇上成群的牛羊,它们从圣坛上、从坟墓里,或从小礼拜堂周围的区域内冲过来,把我们包围住。

在这本他最后的著作里,王尔德作了某些精彩的列举和描述。例如,他写到梅奥郡康村一带的水量:

这儿到处是水——流往大河里去的;从周边的石山里涌出来的;在巨大的深潭里翻腾不止、供好几座磨坊利用的;透过石头裂缝慢慢渗出来的;在洞穴内部涨起来的;恣意任性地时隐时现的;随处流进流出的,除非人为让它改道——流入血盆大口般的干涸的灌溉渠。

与他写博因河的书一样,威廉·王尔德注意到爱尔兰和英国之间的差别;他明白,几乎从一开始,打着君主名义企图征服爱尔兰的行动本质上就注定失败:

这儿的人……很穷也很愚昧、缺少远见、没受过教育，不过地位远高于姐妹国家里同阶层的人；可他们无效忠之心——原因主要不是新教教义、什一税、天主教的无能、教育资源的匮乏或其他任何实际或情感上的冤苦，而是因为无论公正还是善良，这两股力量都从未赢得过他们的心。

他在阿伦群岛声情并茂的致辞里表示，他确信他宴请客人的地方是"爱尔兰弗尔伯格原住民最后的据点，他们在这儿或做最后的背水一战，身后是大西洋的巨浪，或如我业已向你们指出的，怀着恐惧、永久地离开他们曾经一尺尺争夺来的石山"。但他承认，"关于那个族群的人，我们没有文字记载"。

在他写科利比湖的书里，他提到"摩耶图拉之战，经游吟诗人口述，早期的作家相信真有其事，（他们划定了事件发生的年月）战斗打响于世纪元三三〇三年①"。在这本书的后半部分，他用四十页的篇幅，绘声绘色地描述了那场战争的实况。他写得简直像自己亲眼看见一般。他从时间上为我们讲述了发生在那场历时四天的战争里的每一件事，领着我们一寸接一寸地走过那片经历了战火的土地。和他对阿伦群岛上敦安古斯堡的历史的说法一样，这些描述在在有理，却都是无稽之谈，因为基于的全是传说与推想。诚如特伦斯·德·维尔·怀特所写，王尔德

---

① 在古爱尔兰的编年史《四王年纪》（*Annals of the Four Masters*）里，世纪元（the age of the world）5200年相当于公元元年。

对这场战争所做的叙述，依据的是他的老朋友约翰·奥多诺万翻译的未公开的手稿(《侵略书》，藏于三一学院图书馆)。他始终惦记着里面的内容，孜孜不倦地试图辨认各个不同的处所，推断那一圈圈扁平的石头是什么，这类围成圈的石头，犹如微型的巨石阵，大量存在于该地区。

在长途跋涉、走遍这些古老的遗址时，有威廉·王尔德做伴想必愉快极了。他热衷于找出传说中一个事件的确切发生地，需要指出的是，这种兴趣并不罕见。在王尔德出版了他写科利比湖的书之后不到十年，一位德国考古学家，根据荷马《伊利亚特》里的描述，宣称找到了古时的迈锡尼和克吕泰涅斯特拉的坟墓。

不过，在他写科利比湖的书里，有时他允许自己对他所发现的东西的来历和用途持保留和谨慎的态度。例如，在离伊尼斯迈恩修道院不远处，他发掘出一个坚固的、用未经加工的石头所砌的建筑，类似教堂的地下室，挖有几处缺口："这些地下室无疑是迄今在爱尔兰发现的最引人注目又最令人费解的建筑。它们的上部造得有点像高耸的哥特式教堂的屋顶，长长的石头肋拱或椽子架在一面低矮的侧壁上，会聚于顶端。"

这段话吸引人的地方是一个脚注，里面简单提到："继一八六六年八月作者与其子奥斯卡发现这处遗址并在韦克曼先生绘图将它记录下来后，邓雷文伯爵给这座建筑朝西的那面拍了一张非常完整的照片。"在正文里，王尔德继续展开他对该建筑物的功用的推想："它有可能是监狱，或宗教裁判所，用来关押隔壁修道院里某些不听话的教友。"书里还收入了一张插图，画的是玛斯克湖上一座人工岛上的一个围场，威廉·王尔德爵士注明，"由王尔德少爷所绘"。

奥斯卡·王尔德当时十一岁、快满十二岁，估计是从普托拉放假回家。他与他父亲在爱尔兰西部一座偏远的岛屿上漫步，搜寻以前未被人注意到或记录下的古代建筑物，并把它们画下来，这一情景让人对他有了新的认识，那儿远离他最终移居的伦敦，没有晚宴聚会、妙语打趣（"大自然：一个有没被煮熟的鸟儿飞来飞去的地方"）、见多识广的嘲讽（"草儿又硬又湿、凹凸不平，到处是讨厌的黑虫子。哎呀，连莫里斯①门下手艺最差的工匠也能造出一张比大自然任何一处都更舒适的座椅"）。

王尔德熟悉草和鸟。从牛津放假回家期间，他在摩耶图拉度假屋和红岛小舍住过。一八七六年八月，他写信给他的朋友雷金纳德·哈丁，开头的称呼是"亲爱的小猫"：

> 我和弗兰克·迈尔斯于上周抵达这儿，乘着船，度过了一段愉快之至的时光。我们在科利比湖的源头，你若查阅一下地理书，可以知道这个湖长三十英里、宽十英里，坐落在爱尔兰最富诗情画意的风景中……星期五，我们进入康尼马

---

① 诗人、画家兼设计师威廉·莫里斯（William Morris）在1861年创办了一家公司，旨在生产价格适中、设计精良的家具。

拉，去山里我们自己的一间舒适宜人的钓鱼度假小舍，我希望助他在那儿捕到一条鲑鱼、猎杀一对松鸡……我预计这个季节定能满载而归。

迈尔斯是位画家，所以奥斯卡·王尔德也作了一幅画，一幅从摩耶图拉度假屋看出去的水彩风景画。

八月的晚些时候，他从康尼马拉的红岛小舍写信给威廉·沃德：

> 至今我才抓到一条鲑鱼，但海鳟多得不得了，让人甚是尽兴。我没有一天空手而归。松鸡寥寥无几，但我逮到许多野兔，因此心满意足。我希望明年你和"小猫"能来，跟我住一个（朔望）月。我相信你们会喜欢这儿的山野乡间，紧邻大西洋，遍布各种各样的猎物。这儿无论从哪个角度看都旖旎多姿，让我觉得自己比实际年轻了好几岁。

威廉·王尔德爵士已在前一年四月去世，享年六十一岁。为数众多的人参加了他的葬礼，连艾萨克·巴特也来悼念。他的女儿伊索拉在一八六七年、她的十岁生日前夕夭折。一八七一年，威廉爵士的另两个女儿，二十四岁的艾米莉和二十二岁的玛丽，在一场火灾中丧生。约翰·B.叶芝写信给他的诗人儿子，说威廉爵士参加了两个女儿的葬礼，有人告诉他"连屋子外面的人也能听见威廉爵士的哀嚎"。他还补充道："这场悲剧更教人心碎的地方在于，只能悄悄把她们埋葬，不得公开表达伤痛之情。"在调查她们的死因时，给出的她们的姓氏是"怀利"，而非"王尔德"。不过，王尔德这个姓氏刻在她们的墓碑上。

在经历了这些亡故后，威廉·王尔德减少行医的工作，越来越多时间待在摩耶图拉。当他去世时，他的多数财产被耗尽。他名下的许多房屋土地已被用来抵押贷款。王尔德夫人写信给奥斯卡："我们将怎么过活啊？全是一笔糊涂账。照我看，我们总共能得的钱，用来还债还不够。"

一八七七年六月，王尔德在梅里恩广场写信给雷金纳德·哈丁："我的心情十分低落、沮丧。我们的一个亲戚刚过世，我们都很喜欢他——他因为骑马时着了点凉结果溘然长逝。我星期六跟他一起吃饭，星期三他就殁了。"这位亲戚实际是亨利·威尔逊，威廉·王尔德的第一个私生子。在遗嘱里，他将自己的大部分钱留给他父亲创办的医院，也是他工作的医院。他留给威利·王尔德八千英镑，留给奥斯卡·王尔德——他觉得奥斯卡·王尔德濒于改信罗马天主教——仅一百英镑，条件是他必须一直是新教徒。亨利和奥斯卡共同继承了他们父亲的红岛小舍，如今亨利的那一半也归王尔德继承，条件是他在五年内不得成为天主教徒。"你瞧，我的天主教倾向让我吃足苦头，"奥斯卡写道，"在钱财和心灵两方面……实在难以想象，一个走到'上帝与永恒的沉默'前的人，依旧被他恼人的新教成见和偏执所缠身。"

第二年夏天，奥斯卡·王尔德从红岛小舍写了一封信给耶稣会的马修·罗素神父。信的最后一段写道："我正在这儿的山中休憩——周围一切安详宁静——希望借此写出一首十四行诗寄给你。"那次似乎是他最后一次去那儿。一八八一年,为了维持他在伦敦的生活,王尔德抵押了这处房产,三年后把它卖掉了。

然而,在奥斯卡·王尔德搬到伦敦以前,一八七九年,当他想在牛津觅一份考古学的奖学金时,他写信给比较语言学的教授A.H. 塞斯:"我想我非常符合这份奖学金的要求——我已有过大量游历的经验。我从童年开始就习惯于跟随我的父亲考察和记录古老的遗址,熟悉制作拓本、测量以及各种露天考古学的操作技法。考古学是我深感兴趣的一项科目。"诚如理查德·艾尔曼在《四个都柏林人》里写的,"在奥斯卡·王尔德成为奥斯卡·王尔德的过程中,他的父母想必成功地起到了推动作用"。年少的奥斯卡·王尔德出现在他父亲写科利比湖的书里,出现在上面这封信中,还有他在他父亲死后的那年夏天从红岛小舍写给别人的信中,透过这一幕幕,我们可以粗略看出奥斯卡·王尔德的父亲对他所起的推动作用,这股推动力显示出某条暗中为他安排好的道路,一条当他想在英国扬名时没有走的路。

他的父亲在写科利比湖的书里两度用到一个词,描述一类装饰。这个词是"fleur-de-lis(百合花饰)",第一次用以描述威廉·王尔德在安纳克堂发现的两块墓碑上的图饰,后是在对康村两块棺石的描写中。

奇怪的是,这个词悄然行进、转移,带着回响,走入三十年后王尔德在牢房中所写的那封信里。

"百合花饰"这个词出自阿尔弗雷德·道格拉斯勋爵在王

尔德入狱前一年写的一首歌谣。这首歌谣名叫"长寿花与百合花饰"。在歌谣里,两名少年相遇,一个是牧羊人,另一个是国王的儿子,在一场略带同性恋色彩的游戏中,他们决定对调身份:

> 接着他们想出一个点子
> 为取乐寻开心,各自穿上
> 对方的衣服,以此
> 互换身份,假扮对方。
>
> 于是他们除去全部衣衫,
> 他们站立在太阳下,
> 彼此的模样犹如一根绿秆
> 上面长出两朵白玫瑰花。

一月,还未坐牢的王尔德在一次采访中说,他到那时为止的三部喜剧作品,彼此的关系"像一位了不起的年轻诗人所做的美妙比喻——'犹如一根绿秆/上面长出两朵白玫瑰花'"。他亲昵地称呼道格拉斯为"百合花"。

当阿尔弗雷德·道格拉斯勋爵得知王尔德将被宣布破产,因而会有一位律师手下的职员去监狱找他谈话时,他捎信给他,这条口信实际经由那位职员,当着看守人的面,轻声转达给王尔德:"百合花王子希望向你表示问候。"

王尔德在《自深深处》里写道:

> 我瞪着眼睛看他。他又把话重复了一遍。我不知道他说的是什么。"那位先生目前在国外。"他神秘地补了一句。我恍然大悟,记得在我的囚徒生活中,那是第一次也是最后一次笑了。天下所有鄙夷尽在那一笑中了。百合花王子!我看到了——而以后的事情说明我没看错——所发生的这一切,丝毫没让你有一丁点的领悟。你在自己眼里仍然是一出小喜剧中风度翩翩的王子,而非一出悲剧演出中忧郁伤心的人物。

虽然在道格拉斯的叙事版本中,长寿花是个羊倌,百合花是国王之子,他们互相调换身份,但王尔德和道格拉斯的故事并非如此。相反,这种身份上的双重性和融合性存在于王尔德本人复杂的内心。他兼具从他父母身上吸取的才华和他们的贵族意识,以及他们认为自己可以想做什么就做什么的信念。于是,在他自己的想象里和他本人所写的书与剧作里,他把从他们那儿继承来的东西翻倍,如他在《自深深处》里写的,成为"语言至尊"。

距离他写完《自深深处》已过去近一百二十年,在他牢房昏暗的光线下,我的朗读接近尾声,想到他一路走来取得的成就、他对这个世界黑暗面的认识、他获得的领悟——正如他父亲在经历了那件诉讼案后将自己获得的领悟写进了关于科利比湖的书——让人难以不心生敬畏,这样的他,唯一能自救的方式是写作。因而在这间牢房里，奥斯卡·王尔德，像过去他的父母一样，每天忙着寻思贴切的措辞。他没有虚度光阴，而是专心完成这封信，为的是当他在一八九七年五月十九日重见天日时，这封信可以被交到他手中。

约翰·B. 叶芝:
西二十九街的浪子

在我们的灵魂将被保存在浩瀚、多变的档案的某处，有特别一块记录着我们目光的特质。在这部分的档案里堆积着大量资料，为后人留住过去的瞬间，当时的一道目光或一个眼神被强化，警觉因好奇、渴望、怀疑或恐惧而放松或加重。那样的瞬间也许是我们对彼此最深的记忆——对方抬头一瞥时的那张脸，那一刹，我们被锁在别人的目光里。

想到目光，我们心中没有简单明了的画面。目光不是固定不变的。例如，在W.B.叶芝的诗里，"目光"这个词，常出现在不同的语境下。在他早期的诗歌《两棵树》里，诗人恳请他心爱的人把目光投向内心，第一句和开篇一节的最后一句均是"凝视你自己的心里"，在诗的第二节，诗人提议要避免把目光投向外面纷扰的世界：

> 不要再凝视那悲痛的镜子，
> 心怀阴险诡计的魔鬼，
> 走过时向我们显露面容……

在《听人安慰的愚蠢》里，叶芝描绘了一段时光，其时，他的爱人把整个狂野的夏季含纳在她的目光里。在《他诉说十全的美》里，他让这种目光变成人与人之间的对望、具有魅惑力：

> 为了用韵文塑出十全的美，
> 诗人们终生辛劳不停，
> 却被一个女人的注视而毁。

然而，在《第二次来临》里，这种目光给人的印象是危险、可怕，这首诗讲了一个即将到来的世界，所有的安逸舒适均将破灭，摧毁者是

> 一具有着狮身、人首的形体，
> 凝视着，像太阳光一般空洞、无情……①

*

二〇〇四年六月，我在纽约上州斯克内克塔迪市联合学院图书馆的特藏区，听到一位图书管理员在电话中压低声音告诉某人，有个叫我名字的人正在馆内浏览约翰·B.叶芝的书信，这些信件经由威廉·M.墨菲转抄，捐赠给该图书馆。

一个小时后，我停下阅读叶芝的信，抬头发现有个男人在盯

---

① 译文采用的是2021年漓江出版社出版、裘小龙翻译的《第二次来临：叶芝诗选编》里的版本。

着我看。我立刻猜到他是谁。他正是威廉·M.墨菲本人，著有约翰·B.叶芝的传记《风流父亲》和一本有关叶芝一家的书《家族秘闻》。

在他注视我之际，我的脑中浮现出另一道目光。十年前，一个初夏的傍晚，在都柏林，我正沿卡佩尔街步行回家，远远看见小说家约翰·麦加恩在街的同一边朝我走来。他认出是我，目不转睛地与我对视。在我们朝彼此走去的几分钟里，我们相会的地点仿佛是乡间某处，隔在我们之间的只有田野或一条小路。我们俩谁也没有微笑或招手，但我们俩的目光都没移开。当他终于和我迎面遇上时，我们寒暄了几句，然后他问我是否有特别的打算，我说没有，他建议我掉头，往我来的方向，跟他去达梅街，我们可以在尼科餐厅一起吃饭。

我们的友谊建立在我们俩都爱书、喜欢谈论书上。他经常反复阅读同一本书，乐于就极少数得到他嘉许的书发表他的见解和由衷的欣赏。其中一本是威廉·M.墨菲的《风流父亲》，另一本是约翰·B.叶芝的一卷书信集。墨菲的书风趣宽容、文笔好、饱含同情心，这些是他中意的地方。（我们俩都惊叹于书中的个别词句，像是"到一八九七年底，格雷戈里夫人已把所有她认为重要的姓叶芝的人——那三位男士——排好队，以备进一步管理支配。"）

麦加恩也喜爱叶芝的信，这些信包含新颖的想法、富有魅力、向生活敞开胸怀、愿意接受不易面对的真相。当麦加恩的法国出版商请他选一本尚未被翻译成法语的爱尔兰的书时，他挑了一版叶芝的书信集,并给该书写了序。

约翰·巴特勒·叶芝的信妙语连篇(例如,"在我看来,许多男人死于他们的妻子,成千上万的女人死于她们的丈夫",或是"前些时候,我写信对威利说,有个当诗人的儿子惨如有个像乔治·摩尔那样的密友"),流露出宽厚的仁心("缺乏想象力——或类似那样的创造力——则没有爱可言,无论是爱一个女孩、爱一个国家、爱自己的朋友或甚至爱儿女和妻子")。讲到在纽约老去时,他的描述别出心裁("老人在这儿很吃香,街上随处都看得见年老的人,宛如人群里的一阵清风,他们仿佛认为衰老是一件令人快活的事,在历经了肺炎、癌症、痨病、醉酒和所有肉体所承袭的疾痛后仍长命百岁,岂不乐哉")。里面还有讲波士顿人的坏话:

他们时刻紧张着他们的钱。他们越富有就越吝啬。此外,他们又自我感觉十分良好。他们不知道我把他们视如土芥。他们痛恨英国人。那一点是他们唯一有趣的地方。每个人都跟我讲生活在波士顿多可怜,这儿无聊透顶。我想他们应该有好的一面,只是至今我还未发现。

在谈到这些信时,麦加恩的目光坦率直接、客气而有礼貌,但也包含几分正色和几分克制。这一点说明,他既关注外面的世界,又审视自己的内心。不过,由于他曾当过老师,从他的目光里也能觉察出没有什么能逃过他的眼睛,他几乎把一切记在心中。

相反，威廉·墨菲的目光更柔和，但也更警惕而疑惑。当我坐在联合学院图书馆的书桌前抬头望着他时，我明白他的难处在哪里。假如他走过来，得知我在斯克内克塔迪市要停留几日，晚上有空，他可能觉得必须请我去他家吃顿晚饭或喝杯东西。他站在那儿，似乎在权衡那样做的后果。

换言之，他在暗暗小心地设法仅靠观察来断定我会不会吓到他的狗或踩坏他的草坪，或等我返回爱尔兰后，会不会散布有关他和他家人的恶毒不实的谣言，或会不会向他和他的妻子讲述我下一本小说将写的冗长而忧郁的故事。

为了不让他继续为难，我站起身朝他走去，感谢他在研究叶芝一家方面所做的杰出工作，以及他把叶芝的信存放在该图书馆。接着，他的目光进一步变得柔和，流露出友好和放心，他邀请我第二天晚上去吃饭。

在和他及他的妻子共进晚餐时，我发现他们俩具有相同的魅力、风趣的态度和宽容的世界观，与《风流父亲》那本书体现出的一样。他热诚地谈到其他更年轻的传记作者，像是罗伊·福斯特和阿德里安·弗雷泽，他们经手的资料相同。那天晚上，他给了我许多建议，其中一条是要我回到都柏林后，去见一见迈克尔·叶芝，诗人叶芝的儿子，他应该会乐意结识一位既对他祖父又对他父亲感兴趣的人，并乐意与一位像我这样从小在爱尔兰共和党家庭中长大的人接触一番——共和党在当时是爱尔兰的主要政党，但我们可以说，又是一种过时的政治取向，绝大多数研究叶芝的学者完全不了解这一组织。迈克尔·叶芝曾是共和党议员和欧洲议会里代表该党的成员，我的父亲也是一位忠实的共和党成员。

因此几个月后，我自然而然地与迈克尔·叶芝及他的妻子格兰妮共进午餐，地点在悬崖屋，他们位于都柏林郊外多基的家。迈克尔的目光低垂、戒备，可他的妻子时常睁大眼睛隔着桌子瞅我一眼。她习惯了有人上门来找寻某样东西。不过我来，只是想看约翰·B.叶芝为一幅他临终仍在纽约创作的自画像所绘的一些草图。

用完午餐，迈克尔·叶芝示意我跟他去外面的走廊，那儿有一段楼梯通往下一层楼。他打开一个很老的五斗橱的一格长抽屉，动手翻找起来，最后终于找到几张他祖父画的未镶框的素描，是他老年时的自画像，用薄纸包着。他一除去外面包的纸，把这些画放到一张桌上，他祖父的脸就呼之欲出地看着我们，注满迫切的生命力。那道目光鲜活、锐利、带着质疑，拥有那样目光的人，清楚意识到这种目光本身的威力和隐藏在目光背后的内在能量有多剧烈。

我在自认为礼貌的时间内，久久看着这些素描，想起格雷戈里夫人讲的，既然要约翰·B.叶芝完成画作如此之难，那么应当鼓励他尽可能多画素描，素描可以一气呵成。

在我转身之际，我的目光旋即被一幅挂在楼梯井的长油画所吸引。霎时，我以为它肯定是一幅复制品，因为据我所知，那幅原画曾属于纽约的律师兼收藏家约翰·奎因所有，应当在美国。但当我更仔细地看了看后，我意识到这幅正是叶芝在他人生最后十年里致力创作的自画像的真迹。

这幅画是一九一一年在纽约受约翰·奎因的委托而作,创作时间从那时一直到一九二二年画家去世。一九一九年,叶芝写信给奎因:"作画时像是看着一位逝去已久的爱人升天的幽灵慢慢现身。我心无旁骛,满脑子全是这幅画。"创作这幅画的地点是叶芝狭小的卧室,也是他的画室,在西二十九街他所住的寄宿旅店。玛丽·科拉姆在她的自传里描绘了屋内的铁床和廉价破旧的小地毯,还有画架,上面"总是立着一幅他日复一日涂涂改改的画像。"

约翰·B.叶芝对这幅晚年自画像的专注,说明了为何这幅画的表面有浓重的加工痕迹,因为他经常刮去和修改他之前所画的。部分原因是他浮躁、矛盾的个性,所以他会花十余年时间只摹绘一个形象,让他更能表现出一种浑然天成感。

由此我想到一九〇六年叶芝写给他儿子威廉的一封信中的一小段话,威廉·墨菲引用在他的书里:

> 我认为,在被付诸了那么多心血后,每件艺术作品都该流传下去,作为草稿流传下去。最终,这件作品必须像是在最初的一股激情下打造出来的。这样才是所谓的印象派。近来我在阅读莎士比亚的《克里奥佩特拉》,这部作品集合了草稿的一切特色,因为它就是一则大纲。没有填充细节。看不出有煞费苦心的功夫在里头。写得乱七八糟、毫无章法。嗨,草稿的精髓即在于此,它留出许多想象的空间。

W.B. 叶芝在他给《早年的回忆》作的序中写道，他的父亲在信里"不断讲起这幅画是他的代表作，再三坚称……他已找到他寻觅了一辈子的东西。"一九一七年一月，约翰·B. 叶芝在给朋友的一封信中写道："现在我打算尽快完成我的画像，这幅画我已经画了许多年……我希望它是'杰作'——一幅不朽的作品——正因为那样，所以我迟迟没有完成。"这幅画也变作叶芝年老时不回爱尔兰的一个借口，他坚称，"决不能由于一点光线的变化而危及"这幅尚在创作中的自画像。

此刻，在这个楼梯底部过道光线极不足的情况下，这幅在画家去世之际仍未完成的画，回到了故乡爱尔兰。我站在那儿，凝视他的目光，这道目光甚至比素描里的那些更惹人注意、更吸引人。这幅画似在移动中，而不是固定的；它显示出心灵上的一种深刻的独创性。它画的是一个生命之火不熄的人。画像本身充满好奇和活力，激发人做出回应。它使你想要认识这个人。

约翰·B. 叶芝一八三九年出生在唐郡的一个村庄，父亲是一位神职人员，在当地担任教区长。他的父亲一方面有着不错的收入，同时又从他的祖母那边继承了巴特勒一脉拥有的在基尔肯尼的土地。日后，叶芝在给儿子的信中写到他的童年："那时候，父母气冲冲地对他们的孩子讲话，被认为是无礼的行为，所以相对于良好的道德风尚，我们从小所受的管教的来源我或可称为良好的礼数。"

在念了几所寄宿学校后，叶芝和他父亲一样，进入都柏林三一学院。到这时，他的父母已搬到都柏林，住在桑迪蒙特，身为体面的盎格鲁—爱尔兰新教徒，他们轻松出入于都柏林上流社会的顶层。学生时代的叶芝，经常跟他父母一起在威廉爵士和王尔德夫人的宅第用餐，就像他的儿子日后在奥斯卡·王尔德位于伦敦的宅第用餐一样。艾萨克·巴特曾是他父亲大学时的同窗，两人一直保持着深厚的友谊，关系亲近到约翰·B.叶芝的父亲给他最小的儿子起名为艾萨克·巴特·叶芝。

在叶芝求学期间最好的朋友里，有来自斯莱戈的两兄弟，查尔斯·珀乐芬和乔治·珀乐芬，他们家拥有一间从事航运和制造业的公司，风流倜傥、为人处世开朗的他被这对兄弟的不苟言笑，更确切地讲是郁郁寡欢所吸引，为之心折，因此在就读于三一学院时，他去斯莱戈探访他们。日后他写道，斯莱戈这座城镇"令我觉得不可思议，在暮色渐深下，它美丽极了……虽然只是短暂的一日之行，但都柏林、我在那儿不自在的生活，还有三一学院，全被抛诸脑后……"

住在珀乐芬兄弟家时，他结识了他们的妹妹苏珊，两人在一八六三年结婚。数年后，在试图解释他为何决定娶她时，叶芝表示，他以为，她身上流着的"阴沉忧郁"的家族基因是他所缺少的。"事实上，正因为如此，我才喜欢上他们，并娶了我现在的妻子。我想我要把自己置于监狱般的管制下，学习一切美德。"

继三一学院后，叶芝攻读法律，想当一名出庭律师，但实际却花大部分时间和不少文友混在一起，其中有批评家爱德华·道登和诗人约翰·托德亨特。虽然他在法学研究上三心二意，但还是被选为都柏林金斯因斯法学院辩论社的听证代表。威廉·王尔德爵士和艾萨克·巴特都去听了他作为听证代表向社团发表的演说。有证据显示,巴特,这位当时爱尔兰最著名的出庭律师,同意让年轻的叶芝做他的"伙计"("伙计"指跟着一位年长律师工作的年轻律师,他从而建立起人脉,积累实践经验)。叶芝对艾萨克·巴特的印象好得不得了,据他说,他学会"通过举止判断人",他相信,一个人的举止态度"比行事作为更能可靠地表明性格品质,尽管这样讲可能有些离经叛道"。在巴特死后数年,约翰·B.叶芝写道:"一个人的个性魅力达到这等程度,即使他罪大恶极,也能得到宽恕——譬如受人爱戴的艾萨克·巴特。"

到这时,他的第一个孩子已经出生。这个男孩名叫威廉·巴特勒·叶芝。没过多久,叶芝夫妇添了一个女儿,莉莉。在攻读法律期间,约翰·B.叶芝已开始画画,正是这股新萌芽的才华,加上他文友的影响,还有他骨子里的某种感性力量,让他偏离了律师这条路。"我想要事业有成,"他日后说,"我志在于此,那个是我有意识的志向。"但在他无意识的志向里,他想成为一名画家。

于是,一八六七年初,他把妻子和两个年幼的孩子留在斯莱戈,出发前往伦敦,注册进入希瑟利美术学校。他妻子的家人,珀乐芬一家,最讲究实际,不赞成他的做法。事实上,连他的妻子也不赞成。"我相信,她不赞成我的任何主张、看法或观点,它们在她看来全荒唐可笑。"他日后写道。这一点丝毫没阻拦他。他在未完成的回忆录里写道,"珀乐芬家的人像海崖一般顽固不化、势力强大,但迄今为止他们全是哑巴。给他们一个发言的机会,好比让海崖开口讲话。我娶了一个珀乐芬家的人，等于给了海崖一条舌头。"

由于约翰·B.叶芝在画画上没挣得一分钱，加上他在基尔肯尼的田产的租户有时拖欠租金，所以他成员日渐增多的一家人——一八六八年萝莉出生，一八七一年杰克出生——时而长期住在斯莱戈，珀乐芬的娘家。例如，在W.B.叶芝小时候，有两年多时间，他跟母亲及母亲的家人待在爱尔兰，而他的父亲则身无分文地留在伦敦。叶芝最小的孩子，画家杰克，在八岁到十六岁期间，几乎一直跟他母亲的家人生活在斯莱戈。

叶芝的许多位模特评论过他画肖像的方法。比如，爱德华·道登描写他在作画时：

> 他完完全全进入那种"流动和附着"的状态，投在人脸上的每一瞥似乎都令他一惊，他在一连串这样的惊动中画下去。他什么也没有完成，而只是让他的整幅画初露端倪，由此，经过一系列不可计算的推进，画像逐渐浮现；由始至终，他沉溺于无休止的独特的叶芝式的闲话，即讲述细枝末节，并归纳到基于伦理分类的性格法则之下——可追溯至亚里士多德或其他任何一位性格研究学者，这些分类永远处于拓展和消解中。

道登指出，叶芝有"一副悦耳甚至尖锐但美妙的嗓音……一种轻柔、难以捉摸的声音"，"人人注意到他眼中渴切的神情，还有他的手和手指的动作,他有一双了不起的手,不是美,而是那种属于雕塑家和画家的修长的手和手指"。

当叶芝一家终于和他在伦敦团聚后,他们得以近距离察觉他们父亲面临的难题。W.B. 叶芝在他的《自传》里回忆他十一岁时,观察他父亲怎么画一幅风景画:"他于春天开始动笔,画了整整一年,画的内容随季节而变,在给长满欧石南的堤岸画上雪后,他半途而废放弃了。他永不满足,从来无法让自己讲出哪幅画是完成的。"他记得在伦敦有个陌生人,获知他是谁的儿子后,表示:"噢,就是那个每天把他前一天画的东西刮掉的画家。"

约翰·B. 叶芝也未试图巴结名人。布朗宁很欣赏他的一幅画,打电话留言,请他去自己家,他没赴约。他也不受鼓动,没去拜访罗塞蒂。

一八八一年,W.B. 叶芝十六岁时,他们全家搬回都柏林,住在霍斯,可以眺望都柏林湾。苏珊·叶芝总是在爱尔兰过得更开心。她的喜欢把事情讲得神乎其神的儿子日后写道:"她不看书,但她和渔夫的妻子会互相讲故事,那些故事如出自荷马之口,讲到突然的高潮处,她们得意洋洋,听到任何含有讽刺意味的话时她们齐声大笑。"但她的丈夫在一封信中明确表示,她极不开心。"假如我向她袒露我真实的想法,"他写道,"她会陷入沉默,一言不发,连续数日不讲话,但怒火中烧。"

虽然叶芝当画家没赚一分钱,还时常欠债,但他兴致不减,高度乐观,他的谈话机智诙谐、令人耳目一新。在叶芝一家居留伦敦某一段较长的时间中,去探访过他们的 G.K. 切斯特顿在他一九三六年出版的《自传》里写到约翰·B.叶芝的儿子：

> 威廉·巴特勒·叶芝也许看似像孤鹰；但他是有巢的……艺术激情和个人主义本身永远无法洗去世人记忆里威利、莉莉、萝莉和杰克留下的总体印象：这几个名字来回编排在一出独有罕见的喜剧里，这出喜剧凝聚了爱尔兰人的风趣、闲话、讽刺、家人间的争吵和家族的自豪感。

接着切斯特顿描写了约翰·B.叶芝：

> W.B.叶芝可能是我遇过的最健谈的人，但不及他的老父亲……除了其他许多品质之外，他（约翰·B.叶芝）有着那种甚是少见却千真万确的特性，完全自发式的风格……从这样的谈话者口中会吐出一个冗长而取得巧妙平衡的句子，带有可供选择或对照的从句，每个词都用得恰到好处，颇像脱口而出的无心之语，好比大多数人会说"今天天气不错"或"报上有件咄咄怪事"。

这位父亲继续口若悬河、投身绘画却没有一幅完成的作品，来自他爱尔兰境内田产的收入继续缩减，不久，当一八八五年《阿什伯恩法》允许佃户买断在外业主的土地后，他彻底失去了这笔收入，与此同时，苏珊·珀乐芬在伦敦多次中风，变成半个残废，直至一九○○年一月三日去世。

她一直以为自己嫁的是个可望成为知名大律师或法官的男人，加上她过不惯在伦敦的清苦生活，因此叶芝有理由为自己无法给他的妻子提供她想象中的生活而感到内疚。即使在她走了十二年后，他仍自责不已。他写信给莉莉："倘若我有钱，你的母亲决不会病倒，现在可能还活着——我一直是那么想的——我本该用尽一切办法为了她去赚钱——但要放弃艺术。"

在返回伦敦后的这些年里，约翰·B.叶芝既无艺术上的成就也没钱。虽然他把土地卖了，获得一笔意外之财，但这笔钱主要用来还债。在这位父亲的财务状况越来越糟之际，他的四个孩子人人工作挣钱。他们自小就做事认真、有决心又勤勉。例如，像威廉·墨菲所写的，W.B.叶芝到年满三十岁时，"已经出版或准备好要出版的书达七本（其中四本是美国版），并已有一百七十三篇随笔评论、书信或诗歌，发表在二十九家不同的期刊上，还给十四家别的刊物担任编辑或供稿人"。莉莉和萝莉均在伦敦从事设计、刺绣和艺术教学方面的工作。

两个姑娘都没嫁人，杰克一能自立就搬了出去，在二十三岁时结婚成家。威廉继续留在家中，住在全家人位于伦敦贝德福德园的房子，这时的他开始成为小有名气的诗人和文学记者，自信心渐增，也益发渴望与他的父亲脱离关系。

有趣的是，他在二十一岁时给《都柏林大学评论》写了一篇文章，抨击他父亲的友人爱德华·道登，同样，在伦敦时，他与他父亲其他年长的文友往来，包括约翰·托德亨特，但将他父亲排除在外。

W.B. 叶芝潜心于魔法和神秘学，他的父亲无暇顾及这类爱好，对此持反对态度。当儿子叶芝收到老资格的芬尼亚兄弟会会员约翰·奥利里的一封来信，暗示追求神秘主义会让他变得软弱无能时，他明白这个是他父亲的意思，回复道：

> 我猜……您那张语气不佳的明信片，大概是因为您在贝德福德园，听到我父亲出于极度无知，议论我对巫术的爱好，如同他议论我在做的和想的每一件事一样……我所做的一切、所写的一切，均是围绕着充满奥秘的生命。

在 W.B. 叶芝三十一岁、他的父亲五十七岁时，这位父亲的一个朋友写信给伦敦的一位编辑，提出想使用几幅插图，作者是约翰·B. 叶芝，"一个相对默默无闻的人"，并说明他是"W.B. 叶芝先生的父亲"。

虽然我们有大量证据表明，儿子的名气越来越大，他与他父亲之间存在分歧和争吵，包括轻微的动粗迹象，但我们也必须注意到，他们继续生活在一个屋檐下，度过许多个平淡、祥和的夜晚，他们有许多共同感兴趣的事。例如，在萝莉记的一本短小的日记里，一八八八年，她提及 W.B. 叶芝"整个晚上"为他父亲朗读。即使在搬出这个家后，威廉仍是贝德福德园的常客，尤其在他手头拮据的时候。

显然，作为父亲，叶芝既可能教人火大，但也有启发人心的一面。一九一〇年，W.B. 叶芝在准备有关戏剧的讲座时，写信给他:"在写第三篇讲稿的过程中,我发现这篇稿子最后让我想起你的信,我打算把这封信引用在结尾。这件事使我不无惊讶地意识到,一直以来,我的人生观完全承袭于你,无论是具体细节还是应用方面均几乎如此。"可十一年后,在给约翰·奎因的一封信中,叶芝写到他的父亲:

> 正是因为意志薄弱,所以他始终未能完成他的画,毁了他的事业。他甚至不愿见到别人有决心和意志……我认为要在艺术上或人生中取得成功的这些必不可少的品质,在他眼里是"自大""自私"或"残酷无情"。我不得不逃离这个家,四处流浪,无辜又无助,那种需求使得我对像亨利和莫里斯这样独断专行的人产生好感,疏远他的朋友……

反过来,这位父亲也会觉得他的儿子烦人。在一八九六年给莉莉的一封信中,他写道:"最近几日,威利一直待在这儿。他极想表现得友好平和,但他做不到,虽然见他走,我很遗憾,因为他兴致甚高,器宇轩昂又情真意切,不过凡是有他在的地方,总让人感到紧张和不自在。"

他的怒火从对他儿子本人蔓延到其作品上。例如,第二年,他宣称《幽暗的水域》这出剧"根本莫名其妙"。一九○六年,他写信给格雷戈里夫人,谈到他儿子的戏剧理论:"照威利的理论,没有一出莎士比亚的剧不能概括为彻底的嘲弄。"有关他儿子的信仰,一八九七年,他在给画家莎拉·珀泽的信里冰冷地表示:"我不知道威利人在哪儿，在做什么。我最后一次听闻的是他和（乔治·）罗素去了西部（斯莱戈或那附近一带），想寻找一个新的上帝。"

他觉得也可以无所顾忌地批评他儿子交情极深的人际关系，比如下面这段话，摘自他一九一四年在纽约写给莉莉的一封信："大千世界，没有两个人能比威利和格雷戈里夫人更加迥然不同。这样的友谊或说同志情谊，必定会阻碍天然情感的自由发挥。"虽然叶芝不赞成他儿子与格雷戈里夫人的友谊，但他可以把她当作一个传声筒，表达对儿子的气恼。例如，在听说这位诗人对艾贝剧院的一位女演员做出飞扬跋扈的举动后，他写信给格雷戈里夫人，支持那位女演员："有时我忍不住想说，一个人若有舞文弄墨的才华，那么他这辈子只适合写作，干不了别的。"一九〇六年，他致信格雷戈里夫人："威利的脑子有点教条。这个是他的毛病之一，给他的朋友制造麻烦。"

他没有因这些看法而停止向他的儿子借钱，例如，一九〇二年初他写信给儿子："你可否给莉莉一点钱，大约十英镑或你能拿出多少算多少？"之后五月："我实在很抱歉向你开口，但你可否借我两英镑或甚至一英镑也行——你可否用汇票或邮政汇票的方式寄给我？"一九〇四年，当他的儿子结束成功的美国之旅回来后，这位父亲——此前向他要的钱均数额有限——开口要借二十英镑（相当于今天的两千多英镑）。同年，在他的儿子惹恼他时，他写信给莉莉："我希望威利有像杰克那样温柔、仁厚的性子，别时而把我视如敝屣。"

一九〇一年，莎拉·珀泽对皇家爱尔兰艺术学院给约翰·B. 叶芝的待遇感到愤愤不平，自掏腰包，在都柏林举办了一场他的作品展，一起展出的还有画家纳撒尼尔·霍恩的作品。画展开幕当晚，他儿子与乔治·摩尔合写的剧《迪艾尔米德和格拉妮娅》在都柏林的欢乐剧院首演。第二天晚上，杰克·叶芝的一个画展也将在都柏林揭幕。叶芝这家人慢慢开始在爱尔兰崭露头角。

在叶芝展的展品目录按语里，他的朋友约克·鲍威尔写道："一个人、一件东西，必须先在感情上和思维上引起他的兴趣，然后他才会足够在乎，把这个人、这件东西当作他笔下的主题……他会做的仅是他最喜欢的事，他只愿意做他喜欢的事。"

展出的有他的六十三幅作品，包括素描和人物肖像。画展收到良好的评论，前来看画的人也数量可观。没过多久，纽约的约翰·奎因联系上叶芝，想要向他购买几幅肖像画，并委托他再画几幅别的，日后，他将成为叶芝最忠实的客户和赞助人。

尽管叶芝在都柏林变得有名起来，可他又一次囊空如洗，他留在都柏林，仅是因为没有钱回伦敦。但渐渐地，他虽未实际做出决定，却不知不觉在都柏林安顿下来。一九〇二年，他的两个女儿也回到都柏林，她们将和别人一起成立一家名叫"邓埃默尔"的设计兼印刷作坊。最后，一九一〇年，杰克和他的妻子科蒂耶也回到爱尔兰。W.B.叶芝业已花大量时间待在都柏林，参与创建日后的艾贝剧院。

约翰·B.叶芝位于圣史蒂芬公园的画室成为人们造访和聊天的一处场所。哪怕谈话的内容经常比作的画更富激情、精湛高明，画家本人似乎并不介意。到他画室来的那些人里有英国耶稣会会士杰拉尔德·曼利·霍普金斯，他的诗歌直到许多年后才发表，常客里有约翰·米林顿·辛格，日后叶芝将奋力捍卫他的作品。

叶芝还在那条街上遇见过年轻的詹姆斯·乔伊斯。乔伊斯觉得他"话很多"。在他给演员弗兰克·费伊画像时，费伊记录下："他工作时尤其坐不住，一直前后走来走去，只偶尔停下，用从他口袋里掏出的一面很小的镜子，通过映象检查画作的进展。他也一直喋喋不休，讲的内容是我生平听过最妙趣横生的。"他还给编纂辞典的丁南神父画过像，并写信告诉约翰·奎因这段经历："一个新教徒不是每天有机会能拉住一位神父听他讲东西，我把握这个机会，道出我一直以来想对天主教徒说的话。"

叶芝碰到他喜欢的人，就给他们画一张素描或甚至一幅肖像。他不太在乎他们是否付钱。多年后他写道：

> 当我赚不到钱时，我免费给人画画。在都柏林，钱不容易赚。没人有钱——但风度翩翩、有挚爱好友的人喜欢让人给他们画像……我总说，就算我奄奄一息，倘若有人进来，请我画他，我可以设法推迟死期，直到完成那幅画像。

他的问题是假如他不喜欢一个人，那么他觉得很难把他们画下来。他作画是出于惺惺相惜。"我总说我自己，"他在给约翰·奎因的信中写道，"只画得来友谊肖像。"

叶芝也受格雷戈里夫人之邀，到库勒庄园小住，格雷戈里夫人写信给约翰·奎因:"我想他可能是一间屋子里最难忍受的客人。他完全没有空间和时间概念,我行我素,满怀希望地动笔,又满怀希望地把画像毁掉,离大好前程总差一步。"在库勒庄园,他还把他的袜子扔得到处都是,但对于他的画笔、油画颜料和调色板,格雷戈里夫人指出,他摆得整整齐齐。

叶芝无法在任何问题上有明确的态度。一九〇三年,他写信给他的儿子:"钦佩英国人的性格恐怕是大错特错。这种钦佩多半源自对他们野蛮文明的声色犬马的向往。"那年的晚些时候,他在阿瑟·格里菲思主编的报纸《联合爱尔兰人》上写道:"若让他们堂堂正正地享有不义之财,不去质疑他们凭什么在全世界巧取豪夺,那么英国人是一个和善的民族,他们遵循中间路线,避免走极端;在行动上,选择妥协,在艺术方面,崇尚美。他们落拓不羁、为人豪爽,像是称兄道弟的绿林好汉。"

经营邓埃默尔出版社——后来的库阿拉出版社——的萝莉·叶芝与她的诗人哥哥之间矛盾甚深,哥哥希望由他做主,决定出版的内容。依他们的父亲所见,威廉和萝莉有着珀乐芬那家人阴郁、难相处的性子,而莉莉和杰克则开朗、可爱,他认为这两点是他这一方的家族遗传。例如,一九二二年,他写信给莉莉:"珀乐芬家的人个个不喜欢威利。在他们眼里,他不仅不正常,而且似乎是学我的样。但无论多么恼火(我的妹妹爱伦说他们是'我历来见过的脾气最坏的人'),他们消极懒惰,所以不去管他。故而在威利眼中,他们形象高大,犹如月光下巨石阵里的石人像。"

在一次关于出版社由谁说了算的争吵中,他写信给他儿子,他的儿子在之前的一封信里设法把他的三个亲手足全骂了一通,令萝莉大为光火。"你为何要写如此出言不逊的信?目中无人、傲慢自大,这样的脾气决非优雅的表现。费雷德·珀乐芬是这种个性(费雷德·珀乐芬是W.B.叶芝的一个叔叔),他因此被逐出家族的生意……我认为你应当写一封坦诚的道歉信。"他的儿子没有道歉,这位父亲再度写道:"既然你已舍弃你至亲之人的关爱,那么你是否也舍弃了男女之情?这个是你的超人理论吗?"

他为自己依旧挣不到足够的钱来支付自己的食宿而感到内疚,他的两个女儿却天天去上班。他用自责的口气写信给他的儿子:"要是我能有一点成就和一点钱、能出一点力,邓埃默尔会运营顺利,莉莉和萝莉也无需忧心。从更深的、绝对超出你估计的意义上讲,我的一事无成使家里人人见到我像见了鬼似的。"

我们已见识过,在《尤利西斯》里,壮鹿马利根逮着机会称莉莉·叶芝和萝莉·叶芝是"命运女神姐妹"和"两位善于设计的女性"。由于她们的名字非常相似,她们又住在一起,从事同种工作,所以人们禁不住把她们混为一谈。可她们更像是交战的两派,天差地别。莉莉更沉稳,信写得极佳,谈起她的妹妹,无一句好话。在莉莉临终前,那时她的妹妹已过世,她写信给一位同辈的亲戚:

> 你对萝莉的看法没错。她很聪明,又有许多才华,但因缺乏平衡而让这些都虚耗了。在过去二十年里,我每日提心

吊胆,怕她彻底失衡。这二十年对我来说犹如炼狱。怪的是,在她死后,人们来信表示,她看上去多么优雅高贵,他们多么欣赏她,可没有一个人说爱她。

她还写道:"我希望到了阴间,与我相处的将是那些冷静镇定的人,而不是自我中心主义者。我受够了。我希望环绕我的是安详、随和的天使,没有大惊小怪。萝莉期盼的大概是一个马戏团、管风琴、枪炮、旋转木马,不是字面意义上的这些,而是说被吵闹声包围,她在中间,像众星捧月一般。"

萝莉主要的斗嘴对象之一威廉·巴特勒·叶芝认为,他的妹妹"自幼"爱吵架,他告诉莉莉:"她是个不幸的人,从未真正开心过,总是干错的事,焦躁、易怒、不讨人喜欢、情绪不稳。"虽然两姐妹性格不同,却并未分开过。约翰·B.叶芝写信对一个朋友说:"要不是有莉莉充当庇护所和安宁的港湾,萝莉大概会发疯,在莉莉面前,她可以把心中的悲伤全部哭诉出来。"

对萝莉、莉莉和她们的父亲来说,住在同一个屋檐下想必令人身心俱疲,叶芝两兄弟轻而易举地成名、赢得众多人的仰慕、成功掌握他们的人生、在经济上独立自主,这些并未使父女三人的关系变得和睦一些。当两兄弟有所察觉时,他们对家族的纷争袖手旁观,当他们有心思干涉时,又被卷入其中。威廉是那个闹事的,杰克一如既往地维持他在人们心中的形象,亲切可人,又在同等程度上教人猜不透。

*

一九〇七年,约翰·B. 叶芝六十八岁,他想在都柏林当一名成功画家的热望已然落空。人们依旧造访他的画室,来聊天,而不是为了让他给他们画像。他每晚回到家,夹在两个女儿的冲突之间。他的儿子威廉变得益发傲慢和有名。而也许更令人难以接受的是,几乎未在他跟前长大的儿子杰克,勤奋而意志坚定,慢慢成了一名有为的画家和插图家。除此以外,一位叫曼奇尼的意大利肖像画家,属于最最蹩脚的那类肖像画家,来到都柏林,给大家画像。连 W.B. 叶芝也选用了这位意大利人的一幅肖像画,作为他一本书的卷首插图。

一九〇七年,若传出消息,说约翰·B. 叶芝来日无多,孤苦伶仃,最后将郁郁而终,恐怕没有人会惊讶。

他在都柏林的朋友和支持他的人为了让他振作,筹钱想送他去意大利,他从未去过那儿。萝莉写信给约翰·奎因:"这个主意棒极了,他们真是古道热肠……我说关键是叫莉莉去说服他……他们只是想让他去看看意大利和那儿的名画,自得其乐一番。要打发他去别的地方是一件很难的事。"

不久,叶芝获悉莉莉将为了一个爱尔兰展而远赴纽约,他决定用去意大利的那笔钱陪她同行。出发前,他买了一套新西装,为爱德华·道登画了两幅临别的铅笔素描像。由于他留着自己的画室,将他的颜料和画笔收拾得整整齐齐,计划好他回来后要做什么,因此搞不清他是否真的知道他在前往纽约之际心里想的是什么。他从伦敦搬回都柏林是一次不经意之举,而非理性的决定。这回也一样。

一九〇七年十二月二十一日,他坐船从利物浦到了纽约。他将再也不曾回到爱尔兰,再没见过萝莉和杰克,还有他的弟弟艾萨克和他的大部分老朋友。一九〇八年六月六日,莉莉把他留在美国,自己返回都柏林,从此,他也再没见过她。"以凡人的标准来看,我来这儿是荒唐透顶,"七年后他写信对莉莉说,"我多想有个人告诉我,我应当跟你走(回都柏林)。但无人开口,又是上帝命人保持沉默。"

约翰·B.叶芝住在纽约,过着纽约人的生活,直至一九二二年过世,在他移居的这座城市,他是一位深受钦慕和爱戴的人士。由于他的家人和朋友远在千里之外,他必须写信与他们联系,所以他成了那个时代最优秀的书信作者之一。

他儿子在诗歌创作上的一个重要主题是当身体老去时精神上余留的活力。如今,由于W.B.叶芝没有目睹他的父亲在体力上慢慢地、不可避免地衰退,相反,却收到许多这位老人写来的意气风发、博学多闻的信,里面洋溢着一股高涨的对生活和思想的渴求,因此,父亲的流落他乡刺激和启发了儿子的创作。对父亲来说,既然在都柏林或伦敦的终日相处中,他无法影响他的儿子,或左右其思考方式,那么背井离乡也是一个良机。他可以通过给儿子写信,侃侃而谈,对艺术和人生、对诗歌与宗教、对他自己想当一个画家的抱负和他在那座城市的生活发表高见,试图影响

W.B.叶芝，并引导他，实现他以前从未做到的事。这些信文笔甚佳，又富有创见，他的儿子，至少在某些时候，会对他行事任性、轻率的父亲产生赏识与钦佩，正如他在伦敦和都柏林与父亲保持距离时一样。

与此同时，在约翰·奎因的相助下，这位儿子还得必须负担他父亲的生活开销，支付位于西二十九街的寄宿旅店的账单——这家旅店由布雷顿三姐妹经营，名叫珀蒂帕——保证他不会饿死，这位老人不顾很多人的恳求和劝诱，拒绝回去。约翰·奎因既收藏画，也收藏文学手稿——他拥有《荒原》和《尤利西斯》的手稿，还有许多康拉德的手稿——因此他同意W.B.叶芝用手稿做交换，抵偿这位父亲的食宿费用。他也以现金报酬的方式，委托这位父亲画素描。

约翰·B.叶芝在写给他儿子的信里讲他看的书，探讨他对艺术和人生、对诗歌的想法，这些想法经过严肃认真的思考，出奇新颖独到。例如，一九一三年四月，他在给他儿子的信中写到有关什么是新：

> 新的东西对诗歌来讲是可憎的。我们在喜欢任何新的东西时，实际是我们在一种新的粉饰下认出旧的东西，像是新的一天的开始，或是一个少女长得像她的母亲或祖母，或她远古的祖先夏娃，或是像她自己还未出生的心肝宝贝。我刚完成一篇文章，我在里面坚称，艺术表现的不是这样或那样的感受，而是完整的全部——知觉、感觉、直觉、一切——

在把我们内心的一切表达出来后，得到的结果是安详和所谓的美——这个"全部"即人的个性。说到这儿，人的个性里极其鲜明强烈又错综复杂的一部分是爱恋，爱恋直接从记忆中迸发出来。鉴于上述原因，无论是思想领域还是现实世界里的新东西，均不能作为诗的主题，即便你能尽情工于藻绘，把它写得淋漓尽致也不行——辞藻表达的是他人的感受，诗表达的是自己的感受。

关于个性的概念，他写道：

  一个有个性的人可以谈论许多事，但在触及他个性的话题上，他更愿意保持沉默。林肯有这种沉默的品质，歌德在大受感动时变得沉默、转而写诗。理智和是非观总能自圆其说——两者可以自由使用言辞。个性包含的东西太多，无法用凡夫俗子的话来尽诉。个性只能高喊："我在这儿，看看我，不要用你的肉眼，要用你灵魂的眼睛——用我的意象和我的韵律，还有我竖琴的嘹亮乐声，我将把你从凡人的沉睡中唤醒。"

对于马修·阿诺德把诗歌定义为"人生批评"，叶芝写信对他的儿子说，这么讲"太离谱"，在组织这封信的内容时，他运用了一些警句："假如玫瑰苦苦思索它是如何生长的这个问题，那么它就不会像现在这样美得令人称奇……真正的诗人始终有着卓越的远见,无论是和朋友在一起,或是孤独终老,都一样。"

他认为,艺术家不该把生活看得"像美国人视之的"那么重要,虽然

> 他偶尔也许会碰巧对部分生活心生羡慕,但大多数时候他躲开生活。他若要名垂青史,必须逃离生活的表面,他在自己的梦里找到避难所;这个避难所也是他的工作坊,他在那儿修补人生……一个人只有在梦里才真正是他自己。一个人只对他的梦负责——他的行动是他必须做的事。行动是庶出的,不能完整地承袭父亲的身份。

不过,在后一封给他儿子的信中,他又强调艺术创作离不开现实:"一切艺术始于描画……也就是,一件实物与真实的情感联系起来,随之并由此而建起美的伟业——强大的反应。"然而不久,他再回到梦这个主题:"首先要了解和切记的是,艺术是梦境,当诗人一插手伦理规范、擅自想要提升道德境界或进行科学的思考时,他即离开了梦境,丧失所有音韵,不再是诗人。"但另一方面,他有必要向他的儿子澄清,对梦信以为真是危险的:

> 诗人好比魔术师——他的使命是不断唤起梦,因为天生的才华和后天习得的技巧,他做得极其出色,以致他唤起的梦竟有时刻击败实际现状的效力。可这里面有着奇特的一点。诗人和我们、受他欺骗的人,知道那些仅是梦而已——否则

我们就失去它们。我们睁着眼，凭我们的意志和挑选力，在友谊和兄弟情谊的连接下，创造这个梦境。宣称它是实在的生活，你就调用了逻辑、机械的认知、理性和所有别的散文的力量，你会发现自己被召回牢笼，梦境消失——一个尖叫的幽灵。

在给他儿子寄出了这封内容复杂、语气迫切的信函后——W.B.叶芝作品的每一位读者都可以从中看出父亲试图循循善诱地对儿子的作品施加影响，改变其方向——隔天，一九一四年十二月二十二日，叶芝再度写信给儿子，这次他在行文上以豪壮的雄辩口才，呼吁用艺术的力量对抗科学的力量，从而给他的儿子送去慰藉，而且更是反过来，让孤独寂寞、年老体弱的他获得慰藉：

> 科学的存在是为了让人可以发现和掌控自然，为人类自己建立栖身之所，过上安逸舒适的生活。艺术的存在，是为了让与自然割断联系的人可以在他的自由意识里建立起比上述栖身之所更宏伟、更华丽的大厦，里面同样布满各种曲折的通道、壁橱、闺房，周围是一圈花园，绿树成荫，他能想到要有的，应有尽有——我们从自己的精神痛苦中建起一切——因为假如那些砖块没有经实际受的苦而黏结、上榫，它们将搭不到一块儿。其他那些人活在另一层面上，那个层面，若说少一点快乐，那么痛苦也少很多。像是打散工的人，他们劳动，踏实地用汗水挣取薪酬，大自然母亲垂青他

们，称他们是她的好子女，因为他们仔细揣摩她的心愿，时时想办法取悦她，大自然回赠他们许多东西。艺术家没有这等兢兢业业的天赋，不能像这样任劳任怨——所以在他伟大的母亲面前失宠，遁世绝俗，过着见不得人的生活，继而从他的痛苦和羞辱中为自己构建栖身之所。假如大自然母亲一挥手把他的居所摧毁，他就重新再建，因为他的快乐主要在于建造的过程，所以他不介意要造多少遍。科学人士讨厌我们、斥责我们，气不打一处来又无可奈何，因为在他们看来，我们似乎游手好闲、不干实事，虽然我们一脸悲伤，但我们仍不为所动，倔强到没有什么可以引诱我们加入他们的行列。我们身上还有别的令他们困惑和恼火的东西。他们总是集体工作，许多个头脑投入在一项任务上，而我们，无论生活还是工作，都单打独斗，每个人为自己建设，不接受合作伙伴——我们说，只有这样，我们才能建起我们的栖身之所。由此产生的结果是，他们指摘我们自私地以自我为中心、粗鲁傲慢，我们说我们秉着最谦卑的态度工作，不够坚强，无法胜任他们干的事，我们得罪了亲爱的大自然母亲，她的愤怒令我们承受许多痛苦，但这样讲是徒劳。他们是强者，意志坚定。我们软弱如水，我们的弱点正是我们存在的理由。时而，当一个坚强的人心灰意冷时，他来找我们，我们也许可以给他安慰，我们甚至可以一起嬉戏作乐，因为我们爱我们的同胞胜过爱自己。

他署名："你挚爱的——J.B. 叶芝。"

一九一七年，约翰·B. 叶芝的一批书信选段出现在埃兹拉·庞德编辑的一本小书里。另一小册选集，由伦诺克斯·罗宾逊编辑，在一九二〇年问世，一九二三年又出了一本庞德编辑的小集子。一九四四年，约瑟夫·霍恩从那些书信中选取更多，编纂出版了《J.B. 叶芝：给他儿子 W.B. 叶芝及其他人的信》。一九九九年，这本书信集经删节后再版，由约翰·麦加恩作序。但在都柏林，众所周知，有很大一部分信仍留在私人收藏手中。这些信是给艾萨克·巴特的女儿罗莎·巴特的，大部分写于叶芝客居纽约期间。

都柏林的国立美术馆藏有一九〇〇年叶芝在他妻子死后为罗莎·巴特画的肖像，这幅画情态柔美、引人遐想，当时他们都六十或六十一岁。画里的罗莎·巴特矜持高贵。她安详的面孔给人一种既流动又静止的感觉，带着哀愁，却又流露出丰富的内心生活，她目光里的神韵，既饱含克制，又向世人散发一种慰藉感。她看起来是个既能与人愉快相伴又可以安于独处的人。她外表体现出的一种自由，可以与叶芝儿子日后所说的风俗和礼仪联系起来，这种自由，使这幅画里她的脸和姿势具有一股令人肃然起敬又暧昧不明的气势。

由于这幅画作于叶芝妻子去世那一年，所以不难想象画家、一个性情多变的鳏夫——他的生活主要靠大儿子的接济，并受两个未出嫁的女儿的控制，他的婚姻谈不上幸福——如何仔细打量一位他倾慕的女性。他一辈子都在思考他可能成为什么样的人。

那个是他作品的一大主题。他明白自己的一贫如洗对他妻子和女儿的伤害有多大，但他也明白，若当一个成功的律师，他会毁了他自己。

如今，妻子死了，他有了自由，他想要更大的自由。他决定过一种放浪、清贫的生活，先是在都柏林、后在纽约，随性而为，寻觅投契的伙伴，深入思考人生，把更多精力放在高谈阔论和写信上，而不是他的艺术创作上。

在这幅肖像里，罗莎·巴特表现为一种他所欣赏的感性，可那样的感性恐怕也会束缚住他。他不愿被束缚。但在纽约的寄宿旅店，他谅必想起过他在这幅画像里赋予她的那一脸镇定自若，那种从容、智慧、端庄的感觉，视此为人生的一个梦，一个他没有实现的梦，他认识到，这个梦奇怪而令人遗憾地非他所能企及。

威廉·墨菲在《家族秘闻》里指出，他们约定互相写信、坦怀相待，然后对收到的信阅后即焚。叶芝遵守了他那方的诺言，而罗莎·巴特却没有，不过她可能毁掉了几封内容过于露骨的信。她留下其中的两百余封。一九二六年，在她死后，这些信转由她的远房亲戚、画家玛丽·斯旺齐保存，斯旺齐最后将这批信放在牛津的博德利图书馆，附以严格的条款，规定一九七九年前任何人不得看这批信。

《家族秘闻》的最后一章"约翰·巴特勒·叶芝和罗莎·巴特"简要概述了这些信，以及这位客居异乡的老画家与他父亲友人的女儿之间的关系。二〇一七年春，我又去了斯克内克塔迪市联合学院的特藏馆区，阅读叶芝写给她的这些信。

此时，威廉·M.墨菲过世已近十年。他活到九十二岁。他的灵魂和其他人的一道，回荡在联合学院的教学楼里，包括亨利·詹姆斯父亲的灵魂，他曾短暂就读于这儿，还有詹姆斯的祖父，他曾出资赞助这所学校，他的画像挂在校长的寓所。

有时，当我漫步于校园或走廊里时，我警悟到这两家人——詹姆斯一家和叶芝一家——的相似之处，两个名气响当当的儿子在类似方面受他们父亲的影响，并以类似的方式对待父亲留下的遗产。

一八二八年秋，小说家亨利·詹姆斯的父亲老亨利·詹姆斯到联合学院上学，他充分融入学生生活，在小酒馆喝酒，身着本地裁缝制作的昂贵西装。他让他的父亲威廉支付一切费用，威廉资财雄厚，联合学院校区所占的这块地即归他所有。出生于卡文郡拜利伯勒镇的威廉·詹姆斯也是该校的两位校董之一。

老亨利·詹姆斯入校后不久便离开联合学院，开始了一段寻找之旅，觅求思想自由、永恒的真理和善于倾听的有意思的伙伴。和约翰·B.叶芝一样，詹姆斯也是个非常健谈的人。两人还有不少别的相像之处。例如，他们都娶了跟他们关系亲近的一位同窗的姐妹为妻。他们俩一辈子怠惰浮躁，既苦于此却又乐在其中；他们是一家之主，但在更广阔的天地里，他们一无是处，或似乎一无是处；他们借由艺术和通识性的探索，追求自我实现。

两人建立的家庭中，艺术家和作家往来如梭，投身艺术是一件顺理成章的事。两人都相信人的自我变化不定，他们反对安稳的生活和刻板的头脑。因此，无论小说家亨利·詹姆斯还是威廉·巴特勒·叶芝或叶芝家的其他子女，都既没受益于大学教育，也没被大学教育毁了头脑。他们的父亲相信他们自己本身即有资格充当高等教育的名师，所以不大乐意让他们的儿子去同别人竞争。

这两位父亲都雄心勃勃，却经常做事半途而废。他们用说代替做，但两人也都能写一手令人叫绝的好文章。

两人都喜爱纽约，不是因为那儿的思想文化，而是因为那儿拥挤的街头生活，让他们看得入迷。老亨利·詹姆斯相信（或为了逗听的人发笑，声称他相信）与拥挤的马车做伴，是人世间他体验过的最接近天堂的事。他们的朋友视这两位为超级讨人喜欢的同侪；很多人想跟他们交友往来。他们都对未来充满信心，认为他们的孩子迷人地象征着未来的力量和可能性，时不时令他们的孩子感到失望无奈。

他们都是真有独到见解的人。例如，一九一七年六月四日，在儿子创作《第二次来临》的几年前，约翰·B.叶芝写信给他："千禧年将来临，当它来临时，科学和应用科学已使我们不必从事工业及其他方面的劳动。如此一来，人若摆脱了苦役、放任自由，立刻会堕落退化得像畜生一般。"

如出一辙，一八七九年，在儿子创作《螺丝在拧紧》的近二十年前，老亨利·詹姆斯写了下面这段话，记叙一个寻常之夜，在温莎公园一间租来的屋子里，袭上他心头的恐惧：

> 表面看来，这份恐惧荒谬至极、自讨苦吃，没有显见的

缘由，在我混乱的想象中，只能描述为在这一房间范围内，有个该死的影子蹲着，我看不出是谁，从他臭烘烘的个性里散发出置人于死地的影响。这东西停留了不到十秒钟，我感觉自己像个废人，即，从一个心志坚定、精力充沛、欢天喜地的男儿沦为几近无助的婴孩。

他们俩各有一个才情横溢、聪颖、脆弱的女儿——莉莉·叶芝（及她的妹妹萝莉）和艾丽斯·詹姆斯，委实脆弱得在某种程度上无法脱离她们的家庭；莉莉和艾丽斯写的信都洋洋洒洒、尖酸带刺。

两位父亲似乎偏爱他们较年长的子女胜过其余孩子们：跟弟弟妹妹比起来，威廉·詹姆斯、亨利·詹姆斯和W.B.叶芝受到另眼相待。约翰·B.叶芝和老亨利·詹姆斯各生了两个天才儿子，这四人——亨利·詹姆斯和威廉·詹姆斯，W.B.叶芝和杰克·叶芝——不像他们的父亲，或说与他们的父亲相反，习惯做事有始有终，几乎从不半途而废。其中三人在后期形成了一套复杂、大胆、非凡独特的风格。四个儿子都学艺术；威廉·詹姆斯曾胸怀大志，想当一名画家。其中两人——W.B.叶芝和威廉·詹姆斯——从涉足神奇、神秘的宗教起步，进而把这种宗教变成他们生平作品的一个重要部分。虽然四个人都深受各自父亲的影响——有时是负面的——但他们几乎不怎么谈起他们各自的母亲。

两位父亲均把大西洋当作自己可用的武器，叶芝在老年时利用它来逃离他的家人，老亨利·詹姆斯利用它搅得他焦虑不安的孩子、爱他的妻子更心神不宁。

虽然十九世纪八九十年代，小说家亨利·詹姆斯在伦敦常见到格雷戈里夫人，但他不是W.B.叶芝的朋友。到叶芝开始在伦敦声名鹊起时，詹姆斯已隐居赖伊。不过，一九〇三年，詹姆斯在肯辛顿看过一出叶芝的戏《沙漏》，一九一五年，他以伊迪丝·沃顿的名义与叶芝联系，请他给一本为战争筹款的选集出一首诗。

谈到亨利·詹姆斯，约翰·B.叶芝有着鲜明有力的看法。一九一六年七月，他写信给他的儿子："我刚读完亨利·詹姆斯的一部很长的小说。里面很多地方让我想到牧师被迫隔着很长一段距离谛听修女的忏悔。詹姆斯远远地观察生活。"一九一八年，詹姆斯未完成的一卷自传在他身后出版，约翰·B.叶芝写信给一位友人："有些人认为这场战争是祸中之福。在我看来，未能让亨利·詹姆斯写出《中年》的续篇，已称得上因祸得福。"两年前，他写信给威廉："想起H.詹姆斯，我好奇他为何如此晦涩难懂，为什么在试图搞清他时，一个人总是昏昏欲睡或注意力涣散……在詹姆斯身上，他能巧妙地使悬念变得沉闷、无聊，让你想摆脱而无法摆脱。"

当气急败坏的约翰·奎因想要描绘叶芝无休止地留在纽约、过着挥霍的生活时，他用詹姆斯后期的小说《使节》当例子。奎因写道："这整件该死的事，可以写成一本不折不扣的亨利·詹姆斯的小说，他真是洞若观火！"在奎因的叙述中，他把自己比作使节，把叶芝比作小伙儿：

因此这本书是个胜利的结局，小伙儿战胜了他的家庭、战胜了使节、战胜了医生、战胜了护士，也战胜了他的朋友，它完全是一次成功的辩护，为了自我哲学，为了这个眼里只有他自己的男人的胜利，为了这个当别人不再能给他提供乐子、他就不把他们放在眼里的男人，这个艺术家的自我，这个穿着诗人的唱诗长袍、招摇过市的自我，这个——用一种我确信亨利·詹姆斯定会大大喜欢的粗俗说法——自我中心主义者，他身穿唱诗长袍、头戴桂冠，这位高明绝顶的艺术家，西二十九街的浪子，无忧无虑的八十岁青年，从不考虑自己的家人或朋友，没完没了地放纵自我，在八十岁的年纪还有大吃大喝的胃口，令年轻的朋友羡妒，令使节失望透顶；这个青春焕发的家伙享受了五十年游戏人生、夸夸其谈、健康欢快的时光，还有美酒佳酿和雪茄，这个家伙享尽当艺术家的借口——亨利·詹姆斯会说，他"得逞了"。

一八八四年，在老亨利·詹姆斯过世两年后，大儿子威廉编了一本他的作品选集。该书的出版令小说家亨利·詹姆斯感到"说真的，可怜的父亲，孤独奋斗了一生，毫无世俗或文学的野心，却是一位杰出的作家"。

一九二二年，约翰·B.叶芝去世后，约翰·奎因建议出版一本新的书信选集。他写信给 W.B. 叶芝："我极力主张他的信应当像亨利·詹姆斯的信一样，以完整的面貌出版，而不是摘录其中的选段。"此处提到的是儿子亨利·詹姆斯，他在一九一六年去世。

*

  罗莎·巴特和她的姐姐埃米、妹妹莉齐住在伦敦的巴特西。莉齐是个寡妇,似乎特别善于唱反调。她没从自己的婚姻中获得一点快乐,自然对她姐姐与叶芝之间发生的一切感到不悦。叶芝在许多封给罗莎的信中提到她妹妹对他的不满。相应地,他也对她妹妹的不满颇有微词。

  尽管他们的父亲是毕生的朋友,但叶芝好像直到二十岁左右才与罗莎相识。"我初见你时,"他在多年后写信告诉她,"你是个(既在成长中又)已成熟的姑娘,而我是个毛头小子。"他写道,他认为她是他见过的"最美的女人"。十九世纪八十年代,他去拜访她的父母,他写道:"我常竖起耳朵,谛听有关你的一字一句。"显然,在接下来的十年里,他见过她不少次,一八九七年,两人又再见面,约克·鲍威尔言及她"美丽的脸蛋"。

  在他妻子过世前一年,他们开始通信,他的信写得深情款款。一九〇〇年十二月一日,苏珊·叶芝去世不足一年,他写道:"你千万别认为我给谁写信都像给你写信一样或我素来如此。"显而易见,在这接下来的几年中的某一时刻,两人之间发生了点什么。一九〇六年春,她要来都柏林,他写道:

  你千万别折磨我,对我的态度好像我们没有进一步的关系,一种比恋人更近的关系。你如今在信中对我的态度如我对你的一样,我们之间仿佛亲密无间。我们见面时你也得这样……我觉得自己的身与心都属于你。

在随后的一封信中,他向她求婚,可他们各有自己面临的问题——叶芝没钱,罗莎胆小怯懦,又觉得对她的姐妹负有责任。在那次去都柏林时,她只跟他见了一面,然后逃回伦敦。

叶芝一在纽约安顿下来,就开始给她写信,谈到两人之间的关系时不像是在讲某件过去可能发生的事,而更像是眼前正在进行的,写得绘声绘色,仿佛他们都还年轻,有着充裕的时间,这些信包含几分求爱色彩。他似乎乐于不加掩饰地描写他在生理上对她的情欲,明知她会反对他的直言不讳。例如,他在七十一岁时写道:

你明眸善睐、机灵活泼,健硕丰满、秀色可餐。你如此秀丽、如此妩媚,如此和善可亲,丰腴得恰到好处……假如我和你单独相处,我会哄得你开心。我会用手搂住你的腰——一只手——另一只手会情不自禁地想办法,冒天下之大不韪,伸向你的乳房。与我吵架会令你心情愉快,却让我情绪低落。

这语气充满深情、挑逗,像个小男生,全是遐想。例如,一九〇八年,他写道:"我时常好奇,假如我们是夫妻,我(是否)会与你完全处得来。"这些信透出一个无所事事做着白日梦的人享有的自由:"在这个世上,我唯有给你写信最无顾忌,我也只会最坦荡地与你交谈。在我心中,我们的关系就是那样。"他向她吐露他婚姻的不幸:

> 我记得我的妻子最擅长告诉人坏消息。若有好消息,她似乎觉得不值一提。她只在事情变得不对头时开口。这个是珀乐芬家人的习惯。他们是一群性情阴郁的人。他们把彼此锤炼得总是用与人对着干的方式来进行对话和思考。他们是我遇过最难相处的人。他们时时渴望得到爱……他们的渴望像一口不见阳光的深井。

他以一个背着不忠罪名的恋人的口吻给她写信:

> 我对你情深似海,一心想与你在一起,你说我给谁写信都像给你写信一样,这话不对。我向来把你当做我自己不可缺少的一部分。在某种程度上,我把我不愿对自己讲的话讲给你听。你能明白这一点吗?——所以我将你看得比我自己更重。

或是六天后,他担心她移情别恋:"我做了一个梦,在梦里,事情的发展令我万念俱灰。我梦见你嫁了人,我问你为什么应允。"

他返乡的可能性始终是一个反复出现的话题。一九〇八年二月,他写道:"我还不知道何时回去……现在是我最后的机会,假如我不做出点成就,恐怕再无出来的机会。"下个月,他写道:"我不知道怎么才能劝自己离开纽约。"一九〇九年一月,他仍在考虑犹豫:"我想在纽约干出一番事业,然后返乡。我不想一无所成地回去,即便只是带着这样的嫌疑。现在是我最后的机会,我不想失去这个机会。"三日后,他写道:"我希望在我的墓碑上刻下我在美国事业有成。安息于此的J.B.叶芝,深受他几位友人的厚爱,在美国取得成就,享年九十八岁。"

同年的晚些时候,他写道:"我必须在这儿再过一个冬天。我不能毫无成就、无一点真正的成就而离开美国,胜利在望。我相信下周我就将有所建树。这间画室也许是一个新纪元的开始。"

四个月后,一九〇九年十一月,他特别说明,虽然莉莉希望他回家过圣诞,但他情愿留下,再待一阵子:"我不会在六月以前返乡。唉!我多想你能在我的房间,房里将不需要第二张床。"三个月后,他写道:"我猜我大概在五月或六月回家——肯定不是四月——也可能是七月。"

他从未摒弃他会回家的这种想法,尤其在每年圣诞临近时。一九一五年十一月,他写道:"我想我很快会回去。"但他也相信纽约使他获得解脱。在上述的同一封信里,他写道:"我在都柏林过得一点不开心,在伦敦亦然。我诸事不顺。纽约挽救了我的人生。这是确凿无疑的事。"当月的晚些时候,他写道:"每年冬天,我都盼着它是我在纽约度过的最后一个冬天,可我却还在这儿,我不知道为什么。我就是留在此地不走,惧怕都柏林,仿佛它是一个闹鬼的黑屋子。"

间或,他坚信自己会在纽约有所成就,但对他与罗莎——或至少从她信中读到的那个她——的关系,他时常没那么有把握:

> 要想起你,有时像是水中捞月。不过,我将于明年春天归来,我希望是衣锦还乡,这样,我自然可去见你,假如我有钱,我会设法常去看你。我们从未有机会长久地在一起,以致建立起真正的信任。正因为那样,你在信里不袒露自己。

他想象她与他在同一座城市:"假如你住在纽约这儿,我们应当是一对恋人。大家都知道,大家都会尊重这段关系。没有人会有意无意地讪笑。他们会认为这段关系天经地义,所以没什么不对。"他想象她风华正茂:"我握有你的秘密,知道你心中明白,你一如既往地是个少女,既能表达亲昵——有时也会接受它们。"

钱是永远的问题。一九〇九年一月二十日,他写道:"我在这里的食宿费用已拖欠了很久,福特太太(他的第一位房东)写信给奎因,请他劝我回爱尔兰。"二月五日,他转述他的债主从都柏林写信给他:"跟你的信同时寄达的有一封恶狠狠的信,来自一个都柏林裁缝。他写得仿佛我不付钱是因为我成心不想付。"

奎因主动提出替他买头等舱的船票回爱尔兰,他写信给罗莎:"让我心有不甘的是我觉得我的名声正逐步崛起。"他想弄一间画室,"画遍整个纽约。想到我竟要悲伤地回去,什么也驱不走我心中的这团愁云"。

到了夏天,他的看法变得乐观起来:"你瞧,我想要一个'老伴儿'……你想要一位能指点你的丈夫。我不会称自己老,你也不老。在我眼里,你青春永驻。"

但十一天后,他对她的信心动摇了:

> 你与我保持一段安全的距离,真是可恨至极。我素来有感于此,但至今我从未抱怨过。当然,原因是你不信任我,我明白,要解决这个问题,唯一的办法是我去伦敦,在那儿待上足够的时日,培养起我们之间的亲密感,我总在试图一下子建立这种玄妙的亲密关系,但你决不会接受。

他写到他多么欣赏美国:"民主的好处是它可以纠正自己的错误,忏悔自己的恶行。"还有他多么热爱纽约:"我喜欢这儿的人,你也会的,在经过一段时日后。初始,你保守的天性会受到冲击,但未几,你会停止抗争,顺应潮流。"

在不少封信里,他们和他们身边的大部分人一样,就乔治·摩尔的个性发生争执:

> 我知道你喜欢听我谈论别人,但我发现越来越难在信里和你谈论别人,因为你的早期维多利亚时代的揣摩方式总是误解人……比如对摩尔,你早有定论,所以不必再多言。顷刻做出定论、终身不改,是早期维多利亚时代思维上的一个女性化特征。对此我记忆犹新……认为自己的朋友完美无缺、

朋友圈以外的人个个十恶不赦,这种是维多利亚时代的识人方式。在我看来,我的做法正相反……我不喜欢乔治·摩尔,因为他的下流表现为一种麻木的形态,但我想像他那样寻求自我的快乐。正因为如此,他总是让人觉得有趣和给人新鲜感,无论谁,多少会被这样的他所吸引。

有时他的信写得情意绵绵,其他时候则语气强硬。例如,一九〇九年十一月,他写道:"至于你的父亲,我毫不怀疑你对他的爱……但我仍相信你讨厌他的一切政治主张,他为之付出了毕生的精力和才华。"还有:"因为不得已,与愚蠢的人生活在一起,你吸取了他们的各种白痴观点,抛弃你父亲崇高的政治主张。"可两个月前,他才写道:

> 我一遍又一遍不断地想起你,想着你入睡,幻想与你结婚,我们俩风华正茂,想象你会说什么、做什么、我们会对彼此说什么……我爱你的方方面面。我觉得我最爱发脾气时的你。

他随信附上一张素描,写道:

> 瞧,当我幻想自己与你结婚时,你在我心中是这般模样。你看上去有一点羞怯。你正要踏进洞房……你可真美,宽大的裙衬,隐约可见底下白色的内裤,圆睁的眼中透出严

肃……我多么希望你决不要怀疑自己,或你对我的威力。

两个月后:"你故作正经,但你内心热情似火。"
他的有些信述及他们之间的小争执:

> 我素来确信你有头脑,不愧为你父亲的女儿……我努力把信写得斯文儒雅,意在勾起你的兴趣,你却总是待我仿佛我在侮辱你,这种态度完全是早期维多利亚时代的特色。我有时试图把信写得风趣好笑,但那么做也是枉然。

两个月后:"你在都柏林,周围是你爱的人,这些人爱你,但让你对每样我喜欢的东西无动于衷,因此我担心我会在信里讲出某些可能与你的观点背道而驰的话。"
不管在都柏林,当他们在他的画室单独相处时,两人之间到底发生了什么,那件事一直令他回味无穷:"你惦念着那间画室,对此我始终高兴不已。我时时想着那间画室,我知道我们都对那儿充满眷恋。"他在一九一〇年二月写道。接着下个月:"我多希望你愿意试图做出震惊我的事……跟你在一起时,我曾有过一个机会,而我缺乏勇气,可假如再给我一次机会,我一定会鼓足勇气。"五日后:"光是想象和梦见吻你,就让我整个人神魂颠倒,像口渴的人眼中出现一座湖。"接着下个月:"我有如此多的话想对你说,这些话只能用讲的,而且我认为必须是达到一定亲密程度的一对男女之间才会说的话,这种亲密程度产生自一对相爱又相互信任的男女之间。"

一九一〇年五月,在写下"你是一个盖子打开的水壶。我……是一个盖子合上的水壶"后,他开始幻想他们本可能过的生活:

> 可惜的是你跟我不住在一起,你头脑敏捷,我头脑迟钝……我本可以传授你哲学,在这方面我有天赋,你没有,你可以通过各种富有诗意和幽默感的细节,教授我具体有形的生活。我们本会是知己和情人。我们同榻而卧,聊至深夜,你会在枕边喃喃地向我提出何等细心可人的劝诫。但这个是危险的话题,我必须避忌。

几个月后:

> 前阵子,奎因问我有没有除去过一位风流佳人的衣衫。我高声回答:"没,一次也没有。""哎,"他说,"你错失了一大乐趣!"……你的胸如你十八岁时那般柔软圆润,你的心、你内在的自我,和你的胸一样。

十月又再写道:"我爱你。我无法告诉你为什么。昨晚我梦到你,看见你坐着,身穿漂亮的衣服,露出脚踝,内裤看得一清二楚……所以你也许明白我多么爱你。"在信末的附笔里:"我时常考虑画许多幅画来引起你的注意,结了婚的年轻的你和我,第一晚，在行任何事以前，一起站在卧室，看着镜子里的我们，另外还有之后我们的画面。啊！罗莎呀，罗莎，想起你，使我颤栗。"

在别的信里，这种奔放、挑逗的口吻因现实世界的阴云而有所收敛。前一年六月，他直截了当地写道："我想做的事，无一件实现。有些彻底落空。"到了一九一〇年十月，当他的儿子有望被选为三一学院的教授时："我想假如威利当上教授，莉莉和萝莉的生活有所改善，我会完全坚持不下去，我会回家。"圣诞临近，他开始想念都柏林："我思乡情切，偏偏我越渴望家，就越觉得回家无望。我的面前摆着我的作品，但我的心在爱尔兰，尤其此刻，我一直喜欢在家过圣诞，莉莉和其他人天生爱热闹，懂得怎样庆祝这类节日。"次日，他又写道："我真想身在家里，但我越渴望，就越强烈地感到事情的不可能。"一个月后，在圣诞前夕，他写道："我思乡心切。"

翌年，他仍惦记着成功："假如，就在我做好一切返乡准备之际，工作上的邀约等等竟像雪片似的飞来，迫使我留下，那样将是一件残忍的事。我一辈子千辛万苦，就为了成功，所以若有成功的机会，我无法拒绝。"

而另一方面，钱始终是个问题。一九一一年一月二十七日，他写信给罗莎："我欠了一屁股债，所以忧心忡忡，日夜难安。"两年多后，一九一三年四月，他写道："昨天，若可以的话，我本会搭第一班汽船回家。"一九一四年十一月，他写道："说真的，我有时愁得必须去街上走走，才能平定我的情绪。"

客居他乡使叶芝有机会思考他的家人和他妻子的家人。

一九一〇年十月，他写信给罗莎："我对阶级差别感到如此愤慨的一个原因是，斯莱戈一带的那些微不足道的小乡绅总是排挤珀乐芬家的人，不与他们为友。"一个月后："珀乐芬一家人不讲个人感受，在他们眼里只有规矩，他们头脑古板、冷酷无情，但实诚。"一九一三年四月："我妻子的亲戚认为兴高采烈有失体统。我认为苦着一张脸是不成体统。"他还写到他的女儿、正在罗莎家做客的萝莉和她母亲之间的联系：

> 此刻，萝莉应该与你在一起，这个性情古怪的小家伙有两大毛病。作为叶芝家的人，她开朗多情，看到事情最好的一面。作为珀乐芬家的人，她容易忧闷悲观，巴不得伤害她最好的朋友，一刀正中他们的心脏，不过仅是在语言上。最后这一点直接遗传自她的母亲……怒消后，她不记得自己讲过什么伤人的话。这个也是她母亲的性格特征之一。

他继续向罗莎表白他的爱，讲述他想象他们若在一起的话会怎样。"你不知道我有多爱你，在理智上，"一九一二年九月他写道，"但更重要的是超出理智的范围，你让我完全神志失常。"接着一个月后："倘若我们结婚，你将是好动的一方，我是好静的一方，我们肯定会大吵大闹，人人都会站在你一边，骂我是猪，我也会称自己是一头懒猪。"两天后："假如你和我在一起，过着两人世界的生活，我会给你一个最深情的拥抱，让你全身焕发青春活力。啊，我不会把我头脑里和身体里的想法讲出来。"一个月后:"我渴望与你共度片刻时光,但我决不让自己的思绪停留在这个问题上。那样太痛苦、太撩人。我甚至不愿听你提到这个话题,因为无济于事。那样只会搅得我们都心绪不宁。"

翌年初,叶芝的信写得越发直白:"我们若结婚的话,我会喜欢偶尔逗你生气,像是上床前,你的两道横眉乌黑,你身穿睡衣站着——我渴望得到你。我们就是那样光明正大,你十分清楚你睡衣的前襟敞着。"

这类书信围绕不可实现的或幻想的爱情和想象中的爱人,由此让人不难联想到 W.B. 叶芝对毛德·冈长久而不可即的爱慕之情,或是从这个晚年的爱情故事里,人们会想到叶芝早期的一首诗,那首诗的开头:

> 当你老了,头白了,睡思昏沉,
> 炉火旁打盹,请取下这部诗歌,
> 慢慢读,回想你过去眼神的柔和,
> 回想它们昔日浓重的阴影……

但这些写给罗莎·巴特的信不是在惋惜一段失去的或单相思的爱情,也没有因年华已逝而语带悲伤。相反,这些信处处流露着不服老的态度。因而它们更贴近 W.B. 叶芝在他父亲死后写的一些有关老年的诗。譬如,下面几行摘自《塔楼》的诗句:

> 我从未有过

> 更为兴奋、激情、奇异的想象,
> 也没有耳目
> 更企盼着不可能的事物……

或《狂野的老坏蛋》里的诗句,如:

> "因为我为女人疯狂,
> 我为山峦疯狂。"
> 那个狂野的老人说,
> 上帝指导他游荡。

或:

> "黑暗里我是个年轻人,
> 光亮下我是个狂老头……"

或:

> "但我是个粗鲁的老人,
> 我选择次好的东西,
> 我在女人的胸脯上
> 一时间把什么都忘记。"

或是叶芝后期的诗《鬼魂》,里面有这么几句:

> 一个人老了,他的欢乐
> 一天比一天更深,
> 他的空心终于丰盈,
> 但他需要全部的劲,
> 因为夜在加深,
> 亮开了她的神秘可怖性。

或是《你满足了吗》的最后一个诗节:

> 年老体衰,我也许可以
> 和好朋友们待一道,
> 我向来讨厌工作,
> 对着大海微笑,
> 或者用自己的生活体现
> 布朗宁所说,
> "一个老猎手和上帝① 交谈";
> 但是我并不满足。

或是他的短诗《激刺》:

---

① 此处原文为"Gods"。

> 你道这可怕,欲念和激愤
> 居然得到我晚年的心;
> 年轻时我可没遭这个殃;
> 还有啥别的能激刺我歌唱?

或是《一亩青草地》里的这几句:

> 赐我老头子的疯狂,
> 我必须重造我自己,
> 成为泰门、李尔王……

或是《为老年祈祷》的最后一个诗节:

> 我祈求——时髦话已下场,
> 祷祝文又转回了身——
> 我虽老死,还愿像一个
> 愚蠢的、激情的人。

在这些给罗莎·巴特的信里,约翰·B.叶芝,这位被爱冲昏头脑的痴人,以他兴奋、炽热、荒诞不经的想象,写的不是他错失的生活,而是他幻想的生活,他赋予那种生活实际有过的存在感,仿佛它不但触手可及,而且在某种程度上是现有的生活。例如,一九一四年一月,他明确表示,他把他们的通信视为一种婚姻：

婚姻的魅力之一是两个人可以互相谈论女方不会和其他女性或男方不会和其他男性谈论的事，正因为那样，我坚决要求把我们的信烧毁，如此一来，你我可以在信里像夫妻似的开诚布公，我在给你写信时确实把你当作我实际的妻子，一个和我在一起的活生生的人（实际你又不是）。

在先前的一封信里，他写到他们的"婚姻生活"，犹如慢镜头般，逼真而细致，实时记录他们的争吵：

我一辈子渴望交到一位聪明的女性友人，你在各方面几乎毫无保留，但就是不愿表现出你的头脑……倘若数年前我们结婚的话，准会为这个问题争吵，不过是偶尔，在深夜两人共处时，我用双臂环住你的腰，我亲爱的，你生气，我哄你，你也许把脸埋在枕头里，想躲开我的吻——渐渐地，你会平静下来，至少变得顺从。早晨，你在房间里走动，穿上衣服，我会偷偷瞥你，看你心情如何。吃早餐时，我们会稍加正经，你板着脸，假如我抚摸你的手，你会把手抽走。也许我该抚摸你的胸，你会挪动身子，仿佛让我知道，我此举对你不起作用，我会一整天心情不佳，你也会。几天后，我们都开始渴望彼此，但谁也不肯让步。然而由于缺乏勇气，你会考虑要求分房，你不是当真想这样，只是为了示威。忽然有什么（东西）推了一把，可能是有件大喜事，也许是一个孩子自动出现，格外漂亮可爱（我们的孩子肯定个个漂亮、相亲相爱）……

我们对约翰·B.叶芝的了解甚多，但对这些信的收件人，我们有的仅是一张她的照片、叶芝画的一幅铅笔素描和为她绘的肖像。由于叶芝烧毁了罗莎的信，所以我们无从知道她写信的口吻，除了叶芝在一封未注明日期的信里反复提到的几个字。这几个字是"我亲爱的老情人"，从中可以看出，她的信，纵然不像叶芝的那般开放坦诚（"你认为女人在写信时应当什么也不明言，用一封洋洋洒洒的长信来示意。"），也自有其热切的一面。尽管我们对罗莎的认识只有上述这一个短语，但奇怪的是，她的形象栩栩如生地出现在叶芝写给她的这些信里。例如，显然，她不像他那样随便下流。（"你无论如何都不会写出这样的话：'屁股'或'大腿'。你也不会间接提到你的乳房。"）她毫不鲁莽轻率。她没有写信说，她将搭下一班汽船来纽约，或要他即刻回都柏林或伦敦，跟她结婚。

叶芝不仅写到他对她的感情，还有他的生活近况，他去了哪里、认识了什么人，包括许多有关约翰·奎因的流言蜚语，提及美国的"自由恋爱"，供认他在与苏珊·珀乐芬结婚期间曾有过一次、仅有一次出轨。她屡屡给他回信，因此从叶芝对她的信的各种反应中，我们感受到她的和气、她的少言寡语、她冷静的头脑和安稳的性情。

另一点很重要的是，她决意保留这些信。她明白它们的价值。叶芝写的各种坦诚、异想天开、对性不加掩饰的话，也许曾给她的生活增添色彩，但他如此悉心地给她写信、在信里倾注那么多柔情蜜意，让人感到她的生活完全值得有这样的增色，感受到她珍贵的人格，竭尽所能地不亏负与她通信的那方。她在给"我亲爱的老情人"的回信中写道："我们彼此相爱。假如我们见面，当那个时刻到来，我们会接吻、焕发青春，然后再接吻，我们身体和灵魂相遇。"

在他们年逾古稀之后，他为自己也为罗莎担心。一九一三年四月，时年七十四岁的他写道："我当然知道时日无多，如今，我竟开始注意到我的记忆力正走向衰退。"十月："昨晚，我整夜清晰而断断续续地梦见你。我记不起梦里的内容，只记得是非常悲惨的梦。我时常醒来，然后愤然自责，因为我一刻也没想过你会生病。"一九一五年一月，他写道："在我这个年纪，过一个月算一个月，跟我们小时候差不多。"

但每次，他总会从惆怅中恢复过来，再度变回原来的他："假如不是有旺盛的情欲，你觉得我会爱上你吗？正是爱神本身给你装饰了这对让我如此陶醉的乳房。"两个月后，他又在给她的信里写到她的乳房："我想为它们作一幅画像，上面点着娇小粉嫩的乳头。"

接着一个月后，他再次写到他们若结婚的话会怎么样：

> 哎呀！我们没有结婚！否则，你会使我变得成熟，我会

使你像现在这般有女人味，并激发出你没意识到的自己女人的一面……我经常在想象中回首，看见你把我的宝宝抱在胸前，我们俩望着他，可是——可是——我想我们的孩子恐怕不会幸福，至少生活在英国不会。

他有时担心自己会失去她。一九一四年五月，他写道："你对我和我的信丧失了兴趣，这件事怪我还是怪你？"下一个月，他写道：

> 假如我们结婚、生活在一起，我们彼此不一样的地方会让我们觉得对方有意思极了。我猜你热爱宗教，我却讨厌宗教，因为宗教的种种罪孽和恶行。我是激进的社会主义者、无政府主义者，强烈支持爱尔兰自治，这几条都是你深恶痛绝的，所以有时我觉得我们最好中断这样的通信。倘若今年我回家的话，我们应当面对面，多交谈几次，然后再重新开始互相写信。

十月，他再度质疑他们通信的意义，对她的态度变得近乎粗鲁："但你有时乏味得无法言喻，你一点不感谢我花心思写逗乐的信……我倾向认为并相信我让你烦透了，这种通信对你而言是徒增烦恼。"

诚如我们所见，一直以来，罗莎·巴特的父亲把"自治"这个说法视为爱尔兰和英国之间的纷争焦点，但罗莎本人似乎并不支持自治。当爱尔兰的政治气氛在二十世纪的第二个十年里变得白热化时,叶芝向她大谈政治和都柏林变革中的生活。一九一三年一月,他写道:"爱尔兰在进步,开始对知识学问、对诗和艺术产生兴趣,但你觉得这一切无关紧要。你对思想意识感兴趣的程度和修女、牧师或斯旺齐家的人差不多。"(罗莎·巴特的母亲是斯旺齐家族中的一员。)

翌年,他写道:"假如他(她的父亲)是个后生小子,他会多么开心!——都柏林现在由年轻诗人做主——多么快乐而自由啊!"一九一六年一月,他又写到爱尔兰:"我向来表示我支持自治,为的是把爱尔兰的新教徒从贪婪和粗俗中解救出来,可你虽是艾萨克·巴特之女,但与你讨论自治没用——哎呀!在我看来,爱尔兰的新教徒是世上最刻薄的人,我一向这么认为。"

一九一六年起义一过,就在帕特里克·皮尔斯因参与暴动而被处决的当日,他写信给她:"那样做虽然傻,却傻得英勇。"两个月后:"爱尔兰因处决而发生的这些事是目前爱尔兰历史上最重要和最神圣的。你不知道我多常希望你的父亲能在世。他这辈子就差遇到一次巨大的危机,当其他人都在危机面前不知所措时,他的政治才能便可得以表现。"一九一七年一月,他在给她的信里就美国对此次起义的反应提出敏锐的见解:"J.麦斯威尔爵士处决了十五人的做法,在美国人看来如此过时,而在美国,过时是一件令人不齿的事。爱尔兰在大家心目中的地位非常崇高。它的名声日渐增长。"

第二天,他又写到更多有关爱尔兰的消息:"一部了不起的爱尔兰小说刚刚问世，名叫《一个青年艺术家的画像》，作者乔伊斯。"

显然，在一九一六年和一九一七年，他的信没有收到她的充分回应。不过他仍保持深情的口吻，只是时常虚张声势。"要是你和我能谈一次话该多好。我总是在幻想中看见你和我在你的庄园，一起坐在荫凉的树下，我告诉你一些我在美国耳闻的事，我听到你嘲弄、诙谐的笑声。"在同一时期写的一封未注明日期的信里："我不懂你为什么一辈子容忍了这么多讨厌的人。"还有："我要是数年前（和你）结婚就好了。假如我那么做，现在的你肯定更快活，或我会变得像你如今一样意志消沉。我相信我本可以帮你摆脱几位你的令人丧气的朋友。"

在零星的议论中，他诋毁罗莎的妹妹莉齐，一度把罗莎未写信的事归咎于她。莉齐病倒后，我们窥见叶芝最让人难以置信的一面，他建议罗莎把她的妹妹送走："和陌生人在一起，她会安然无恙。像她这类病患，应当和陌生人生活在一起。"这件事令他想起他的女儿和他的妻子：

> 她（萝莉）与陌生人（相处得）十分融洽，只要他们始终互不认识。一旦与他们过于熟稔，她便对他们心生恨意。萝莉的母亲也一样……以前我常疑惑，她怎么回事，她为什么恨那么多人，讲出这般尖酸恶毒的话……起初，当苏珊侮辱我和我的朋友时，我非常介怀，但后来我一点不在意。她坚信自己永远是对的，别人是错的。

一个月后，他清楚表明自己多想得到罗莎的称赞——他仿佛正是他儿子的诗《对她的赞美》所表现的对象，这首诗收入一九一九年的诗集《柯尔庄园的野天鹅》里，开头写道："我想听到受赞美的，她是第一人"——"我认为你没有用心了解讨我的性格。我喜欢受人称赞，在这个世上，我最想获得你的称赞。可你从不称赞我。"

不过，无论他想从罗莎·巴特身上得到什么，萦绕在他心头不去的始终是他的婚姻往事：

> 我在相识两三天后订了婚，不是因为初恋，甚至根本谈不上爱（这件事真的只有你我知——我从未对任何人吐露过），全是定数。珀乐芬一家人令我反感，同时又深深吸引我，那股吸引力从未消减……以前我常乐于听我可怜的妻子谈论别人。她总是搞错，但她的误解比别人正确的判断更有意思。

一九一八年圣诞前夜，他写道："我可怜的亲爱的妻子，命不好。"

他不时提到他的自画像，但那幅画迟迟没有完成。一九一八年圣诞前夜，他写道：

> 我目前的计划是为奎因完成我的这幅自画像，然后再多写点回忆录，完成一篇给《北美评论》的文章，接着返

乡——与我的心上人和家人团聚……我的画像看起来进展顺利。自我生病后,有一天(前天)我基本完成了手的部分,赋予这幅画一种生命力和可信度,这种境界是我从未企及的。

罗莎·巴特肯定不会忽略,迄今他的这幅自画像已画了七年,他想回乡去找他的心上人的念头必须打点折扣,既因为明知这样的许诺之前从未兑现,也因为事实上,他们俩都年近八十。

他的子女和奎因进一步向他施压,要他返回都柏林,一九一九年三月九日,在他八十岁生日的一周前,他写道:"倘若留在都柏林,我应该早活不到现在……来到这儿挽救了我的人生。我一直害怕回去。"约翰·奎因愿意出钱雇一名护士陪他同行,对此他写道:"我告诉他,我想尽快和一头猩猩一块儿启程。"翌年三月,在他的儿子和儿媳去探望他后,他写道:"我告诉威利和乔吉,假如回家的话,我将不得不告别画画,彻底变成一个年迈昏聩的老头子。"

十一月,他写道:"家乡的人煞费苦心想让我回去。"翌年三月,在他过完八十二岁生日的两天后:"威利发现他无法继续供我待在这儿。"接着十一月:"我提出搭十二月三日的船,但可能会再多逗留些时光……有个身份不明的富人请一位朋友转告我,假如我愿意,他可以在经济上资助我,我也许会接受他的慷慨解囊。这幅画像是我的力作,我舍不得放弃。"

这位老画家在走到生命尽头之际,仍想象着未竟的可能:"我恐怕要历经千辛万苦与你周旋,在没赢得你的信任之前决不罢休,如此我们方能结婚。"下一个月:"我回首我的人生,心中战栗。若有你和我在一起,情况可能不会那么糟。"在听说罗莎的姐姐埃米去世后,他写道:"一堵薄薄的墙把我们所有人与绝望的深渊分开。我一辈子强忍着不冲破这道纤细的隔离线,因为假如我往那个深渊哪怕只瞅一眼,我一天的工作效率和动力就全没了。"下一个月,他再度写到他多么憧憬与罗莎在一起:"你寂寞悲伤,我想恐怕是年事已高。真希望我能离你近一点。我们可以天天见面。当只有我们两人时,我们可以接吻……我清楚记得吻你是什么滋味。"

他儿子的名气继续增长,他自己的创作似乎一无所成,一九二一年,在约翰·B.叶芝生命的最后一年,又发生了一件令他颤栗的事,W.B.叶芝截取短暂的一节人生,写了一篇自传,名叫"四年",在《日暮》杂志上连载,后以书的形式由萝莉掌管的库阿拉出版社出版。文中述及的这四年是在伦敦的贫寒岁月,当时诗人叶芝仍住在他父亲家中。罗伊·福斯特在他给诗人叶芝所作的传记里写道:

> 对约翰·B.叶芝的描绘全集中于他的轻忽、大手大脚和极度草率上——还有他在孩子们心中引发的惶恐。充盈书中的不满情绪,尽管暗示着缺乏安全感是培育天才的温床,但也可以解读为对作者父亲一手造成(或摧毁)的那个环境的控诉。

在书里，W.B. 叶芝记叙了那段时期内他从牛津回到他"愤怒的家"。弦外之音是他们对他父亲的懒惰和失职感到愤怒。

他的父亲写信给他：

> 何谓"愤怒的家"？我记得你从牛津回来时，我多么高兴见到你，听你讲述你在外的经历……至于莉莉和萝莉，她们忙得很，无暇对任何事感到"愤怒"，莉莉整日在莫里斯家的工厂工作，萝莉四处奔波，讲授绘图，一年挣近三百英镑……可两人把她们的收入全用在这个家上。当然，除了上述种种活计以外，她们还承担家务，得打点里里外外的事和照料她们病弱的母亲……她们为有一个没能力赚钱养家的父亲吃足了苦……我想"愤怒的家"一定是笔误。

在给萝莉的信里他写道："我们必须为认识一位诗人而甘愿自食苦果……我十分确信威利对我们不怀恶意，无非只是想要讲述往事……说真的，如今我不埋怨他的鄙薄态度，但他不该在书里为了他自己的荣耀而故态复作。"

第二天，他放不下这整件事，撰写了一篇他最雄健有力的文章，抨击他儿子的作品，并寄给儿子：

> 你的诗歌在什么情况下堪称最佳？我敢说，所有评论家一致认同，是在你信马由缰的想象气魄与有形的现实融为一体的情况下。你若留在我身边，没有离开我去投奔格雷戈里

夫人和她的朋友及同僚，你会热爱并崇尚实在的生活，我知道你真心喜欢那样的生活。如此会有什么结果？既写实又富有诗意的剧作——诗的意境与积极实在又错综复杂的生活最紧密、最和洽地结合在一起。那个是世人对诗人的期许，至今仍未实现。

他继续写道：

> 我在胡说八道吗？我老糊涂了吗？我觉得没有，因为这二三十年来，我时刻想讲这些话而没有讲。人生最美好的事是生活的把戏，他日，会有诗人发现这一点。我希望你会是那个诗人。写远离生活的诗比较容易，但写生活的诗绝对更令人兴奋得多——这样的诗是全体世人翘首企盼的，好似喘吁的雄鹿渴望找到有水的小溪。我打赌你的妻子也想看你写出这样的诗——问问她。她会明白我的意思，把道理说清楚。我对她颇有信心。她敢不敢讲出来呢？你若留在我身旁，我们可以合作，约克·鲍威尔可以帮忙。有位诗人同我们一起应对具体实在的东西，我们会珍爱这个机会，而不是像现在让机会落入那些爱调笑、爱说教的人手中。

诚如威廉·M.墨菲在他的传记里写的："威利以一个珀乐芬家人的性格回应这些怨气。在将库阿拉的校样返还给萝莉时，他建议她把'愤怒'一词改为'麻烦'，但补充道：'假如在排版上太费事的话就不改。'若无不便，安抚一下这位老人也可以，反之则不行。他拒绝与他父亲继续讨论这个问题。"

一九二二年二月三日，约翰·B.叶芝在睡梦中过世。W.B.叶芝写信给莉莉：

> 他若回家来，大概能多活几年，但他恐怕会日渐衰弱，越来越觉得自己是个没用的老头子。他的离世，犹如南极探险家丧生于探险途中，思绪未停，深信自己即将画出绝世之作……近来好几次（最后一次是两三个月前）他写他梦见我们的母亲……我想，尽管他时运不济，但他一直生活得很开心，尤其是近几年；在我认识的人里，他可能是唯一含笑九泉的。

两位男高音：
詹姆斯·乔伊斯和他的父亲

理查德·艾尔曼在他的书《叶芝真人与假面》里引用伊凡·卡拉马佐夫的话："谁不盼着自己的父亲死呢？"艾尔曼写道：

> 从乌拉尔山脉到多尼戈尔，这个话题反复出现，在屠格涅夫笔下、在塞缪尔·巴特勒笔下、在戈塞笔下。这个话题在爱尔兰尤为突出。乔治·摩尔在他的《一个青年的自白》里公然宣称，在他父亲死后，他感到自己获得了解放和解脱。辛格把一次未曾发生的弑父作为他《西方世界的花花公子》的主题；詹姆斯·乔伊斯在《尤利西斯》里描写斯蒂芬·代达勒斯与自己的父亲断绝关系，找寻另一个父亲……叶芝先是在一八八四年写的一部未发表的剧作里述及这个问题，后在一八九二年的一首诗《库丘林之死》里再度提起，一九〇三年将库丘林之死的故事改编成一出剧，在一九一二年和一九二七年分别翻译了两版《俄狄浦斯王》，并于去世前不久写了另一出含有弑父情节的剧《炼狱》。

詹姆斯·乔伊斯在他的作品里试图重塑他的父亲，重新想象他，唤起他丰满的形象，置身于他的生活圈子，但与此同时，从二十二岁起,除了几次在都柏林短暂逗留外,他确保自己不与父亲多见面。想到都柏林,他的心中赫然出现他父亲的身影,因此他的背井离乡不仅是要逃离他出生的这座城市,也是为了让都柏林和这个赋予他生命的男人可以变得虚而不实。

正如奥斯卡·王尔德在他父亲死后的第二年开始做他自己、约翰·B.叶芝以背井离乡的方式象征性地弑杀了他的儿子一样,詹姆斯·乔伊斯也以让他的父亲在都柏林过着听天由命的生活而实现弑父,在父亲缺席的情况下,他不仅试图打造他血统里未生成的良心,还设法理清他父亲的经历,让其获得重生,使已成幻影的东西变得真切实在。

那样一来,在只有儿子的这片天地中,父亲变成幽灵、影子和杜撰。他们活在记忆里和书信里,变得更加复杂,满足他们儿子作为艺术家的需求,不碍手碍脚。诚如斯蒂芬·代达勒斯在《尤利西斯》里讲的:"父亲……是一个不能不要的祸害。"讲到后来,他又声言:"父子关系也许是一种法律上的虚构。谁是儿子应该爱他,或是他应该爱儿子的父亲呢?"

不过,乔伊斯与他父亲的关系比王尔德的或叶芝的更为复杂。斯坦尼斯劳斯·乔伊斯在《看守我兄长的人》里沉吟他哥哥与他父母的关系:"每个体会过思考之苦的人都在精神上依附他父母中的某一方……假如此人是作家,这种亲和力深刻影响着他的艺术创造。"在他哥哥的例子上,他写道,依附的对象是他父亲。

斯坦尼斯劳斯·乔伊斯将文学和生活区分开:

在《尤利西斯》里，以我父亲为原型的赛门·代达勒斯是个酒鬼废物，在他身上，连想活得无忧无虑的愿望也成了模糊的回忆，但若说呈现在书中的他多方面的性格特点使这个人物成为鲜明醒目、滑稽好笑的文学形象，那大概仅是因为文学的宽容度远超过实际生活的宽容度。

约翰·斯坦尼斯劳斯·乔伊斯一八四九年出生于科克。和他的父亲及祖父一样，他是独子。他们家是富商，拥有田产，在地方政治事务上声望显著。年少时，为增强他的体魄，约翰·斯坦尼斯劳斯的父亲帮他找了份在领航船上的活儿，这些领航船作业于科克港。诚如他的儿子斯坦尼斯劳斯日后所写，他获准

乘着这些领航船出海，去迎接横渡大西洋的班轮，那时，皇后镇是一个停靠港……除了在带有咸味的大西洋海风中练就了强壮的体魄，他还从皇后镇的领航员那儿学到各种流利的骂人话，在日后的岁月里，给他在酒吧间的狐朋狗友带去乐子。

在他十八岁也是他父亲去世的一年后，约翰·斯坦尼斯劳斯进入科克市的皇后学院攻读医学。他虽未取得学位，但在学校过得快活极了，他有一副出色的男高音嗓子，又参加了业余戏剧社的活动。离校后，他先在科克当一名会计师，继而在二十四岁时与他母亲一起搬到都柏林，在一家酿酒厂当书记员，这家酿酒厂

坐落于利菲河畔的切普勒佐德,他购买了该厂的股份。

约翰·斯坦尼斯劳斯是个颇受欢迎的家伙,人们对他的演唱赞誉有加。据斯坦尼斯劳斯所述,离开科克的前一晚,在大家为他举办的一场宴会上,一位头牌的英国男高音"说若能把那首咏叹调唱得跟我父亲一样,他愿意当场出两百英镑"。到了都柏林,他在音乐会上演唱,参加众多演出,现场聆听了那个时代杰出歌手的歌声。

在他搬到都柏林的几年后,切普勒佐德的酿酒厂破产,令乔伊斯失去工作,还几乎赔光了之前投资在该公司的五百英镑,相当于今天的五万多英镑。他重新当起会计师。他在市里奔走、拉生意,给小商行做账或参与破产清算的工作。

不久,他成为联合自由俱乐部的干事,有一阵子,当艾萨克·巴特在爱尔兰议会党里的领导地位逐渐让与查尔斯·斯图尔特·帕内尔之时,这个俱乐部既欢迎支持自由党的人,也欢迎支持自治的人。位于道森街的这家俱乐部是一处人们聚会、抽烟、喝酒和讨论政治的场所。

乔伊斯积极投身一八八〇年英国下议院的选举。在他效力的都柏林选区,两名保守党候选人——其中一位是阿瑟·吉尼斯爵士——败北,一位自由党人和一位自治派人士当选。鉴于他在竞选活动中的不懈努力,约翰·斯坦尼斯劳斯分得一笔奖金,属于庆祝的一部分。

在此番竞选活动的过程中,乔伊斯结识了当时十九岁的梅·默里。她受过歌唱训练,学过弹钢琴,老师是她的几位姨妈,她们在都柏林的音乐圈很有名。梅的父亲不喜欢乔伊斯,乔伊斯的母亲也不喜欢梅。两家人住在克兰巴西街,离得很近,日后,詹姆斯·乔伊斯在《尤利西斯》里安排利奥波德·布卢姆度过童年的地方距这条街不远。当约翰·斯坦尼斯劳斯和梅明确表示他们决意要结婚后,约翰·斯坦尼斯劳斯的母亲选择搬回科克,再不来都柏林。她没有出席一八八〇年五月举行的婚礼,同月,帕内尔正式成为爱尔兰议会党的领袖。

乔伊斯夫妇在都柏林的第一个家位于安大略街,离大运河不远,住址与小说里利奥波德·布卢姆和他妻子莫莉的相同。他们的第一个孩子在结婚七个月后出生,只活了八天就夭折。翌年,联合自由俱乐部关门,约翰·斯坦尼斯劳斯靠他政界的朋友相助,在都柏林觅得一份税收员的工作,负责收取地方税。这份工作在某种程度上是个闲职,一年的平均薪水有四百英镑,大约是工人平均工资的四倍,还包含退休金。在乔伊斯开始供职没多久,他的母亲去世,留给他六处在科克出租的田产,每年收入五百英镑。因此,到一八八二年二月詹姆斯·乔伊斯出生时,他的父母在经济上甚是宽裕,能过上一种相当安逸的生活。

在婚后的头两年里,乔伊斯夫妇搬了好几次家,最后,他们终于在拉思加尔的布莱顿广场安顿下来,离梅的哥哥威廉和他的妻子约瑟芬很近,约瑟芬将成为乔伊斯几个孩子生活中的一位重要人物,直至一九二四年她去世。约翰·斯坦尼斯劳斯虽然受得了约瑟芬,但他与他妻子娘家的大部分亲戚——包括她的几个兄弟——的关系并未得到改善。斯坦尼斯劳斯描述他的父亲"揪着"他的岳父"(当这位老人死后则是他的记忆)和(他妻子的)家人不放,对他们耿耿于怀的恨意和絮絮不休的恶毒辱骂,到了一种执迷的地步"。

乔伊斯的工作要求他熟悉这座城市。他负责收税的范围不仅是他住处附近的街道,还有凤凰公园一带人烟较为稀少的区域和往城市南部去的沿海地带。这份工作从上午十点开始,下午四点结束,中间要跑很多地方,无人监督他在哪户人家停留聊天了多久,或他一日之内开了多少小差。这样的工作最适合爱交际和饶舌的人。由于总部在市中心的弗利特街,也就是说,他下班后回家途中有许多可去的酒馆。

除了几次流产以外,梅·乔伊斯生了十个孩子。从结婚到一九〇三年她去世,他们搬家的次数也有这么多。他们住过的最豪华的寓所位于拉斯莫恩斯的卡斯尔伍德大道,一栋三层楼、大门两边都有窗户的建筑,他们在一八八四年搬入,同住的有约翰·斯坦尼斯劳斯一位从科克来的叔叔和一名叫康韦太太的女子,后者是个虔诚的天主教徒,也来自科克,詹姆斯·乔伊斯将她写入《一个青年艺术家的画像》,以丹蒂或赖尔登太太的形象流传后世。约翰·斯坦尼斯劳斯将在这栋宅子里招待地位崛起的帕内尔派人和他音乐圈的朋友。他和他的妻子将作为一对时髦的夫妇,出席市内的歌剧演出和表演会。

虽然有工作和收来的租金,但即便在婚姻初期,约翰·斯坦尼斯劳斯已过着入不敷出的生活,被迫再度抵押他在科克的部分田产和借钱来贴补他的收入。一八八七年,在用科克的一处田产作抵押而获得一笔贷款后,乔伊斯偕全家人搬到布瑞镇,离王尔德夫妇以前拥有的度假屋不远。

在工作上,乔伊斯也开始出现麻烦。他声称自己在凤凰公园遇袭,收来的税金被抢走,当局不相信他的说法,把他调至市中心,这样可以更方便留意他,经常派一名检查员与他同行。他虽然依旧享受着这份工作给予的自由,但一点不喜欢干文书活,经常转包给别人。据斯坦尼斯劳斯所述,快到最后期限时,"他会找两三个闲散的老办事员在他家草草地从早写到半夜"。后来,他被调至该市的港区,里面包含繁忙的红灯区。

詹姆斯·乔伊斯六岁时,他的父母送他到克朗格斯-伍德学院——一所由耶稣会会士开办的贵族学校——当寄宿生。他的父亲约翰·斯坦尼斯劳斯虽然有许多朋友,并依旧和他的妻子去听音乐会、参加户外的社交活动,但他的脾气未因喝酒而改善。在《看守我兄长的人》里,他的儿子记叙这些年

> 在家时,他是个完全喜怒无常的人。多少次,我记得晚上他坐在桌旁,不见得是真醉——他那时的酒量可好了——但那些酒足以让他没有胃口,心情变得恶劣……晚些年,我的母亲告诉我,虽然正常情况下他不是一个会动粗的人,但她经常害怕与他单独相处……他会坐在那儿,牙齿咬得咯咯响,看着我的母亲,嘀咕着"最好现在就做个了结"这样的话。她一度考虑要和他分居,但她的告解神父听到她有此意,大发雷霆,所以她再没提起过。

约翰·斯坦尼斯劳斯·乔伊斯一辈子坚定地捍卫帕内尔，始终不渝，就在帕内尔的政治生涯走到尽头之际，都柏林市政法案通过，这项法案允许市政委员会自行收税，从而危及乔伊斯作为税收员的收入。帕内尔死后，在一八九二年的选举中，乔伊斯主动为帕内尔派的候选人在科克助选，向他上班的地方告病，得以南行。当有人发现他在科克时，他被举报给了税收长，此事无益于他本已日渐不稳的职位。

虽然他的工作没丢，又有田产方面的收入，但他的经济状况变得益发拮据，被债主追债，全家人从布瑞镇搬到黑石镇后的住所的租金逾期未付。法院的判决不向着他。郡副司法长官没收了他的家具，只给他留下他父母和祖父母的画像，他的儿子詹姆斯最终将把这几幅画像运到的里雅斯特，自豪地张挂起来。

一八九二年末或一八九三年初，乔伊斯被迫让全家人搬到都柏林北面、芒乔伊广场和北环路周边的地区。一八九三年一月一日，他所有当税收员的同事几乎都没了工作，但各获得一笔丰厚的解雇金：不管供职长短，每年有四分之三年薪的退休金。然而，由于记录不良，约翰·斯坦尼斯劳斯·乔伊斯无法享受这份待遇，最初他一分钱也拿不到，后变成他同事所得的一半。这个数目仅相当于他之前工资的三分之一。

于是，乔伊斯在四十四岁时自食苦果。曾经因支持帕内尔而沾光的他，如今终日陷在随爱尔兰议会党的分裂所产生的颓丧和怨气中。他又一次不得不找些零活儿，像是当会计或财务文员，或是接受其他任何能有的工作。此时，他有九个孩子要养。他转而抵押了许多继承来的科克的田产，靠这些田产借贷了大笔钱，到一八九三年底，他被迫将这些田产全部出售。

他的儿子詹姆斯和斯坦尼斯劳斯先是被送到由基督教兄弟会开办的奥康奈尔学校，离他们在都柏林的住处不远。但不久，康米神父、一位早在克朗格斯学院认得詹姆斯的耶稣会牧师，安排他们进入更高级的贝尔韦代雷学院，一所耶稣会办的走读学校，离他们的住处也不远。詹姆斯将在《尤利西斯》提到这位神父以示回报。

*

约翰·斯坦尼斯劳斯丢了工作可能是不幸，不懂理财也是不幸，不幸的还有要喂饱那么多个孩子，但他最大的不幸恐怕是当全家被愁云惨雾笼罩时，他逐渐失去自己在他第二个活下来的儿子斯坦尼斯劳斯心中的地位。斯坦尼斯劳斯在两本书里，语带怨恨、不乏细节地记录了一家人的遭遇，两本书均在他死后出版：《看守我兄长的人》在一九五八年、《斯坦尼斯劳斯·乔伊斯的都柏林日记全集》在一九七一年出版。

在前一本书里，斯坦尼斯劳斯回忆了他父亲刚失去工作、卖掉名下的田产后家里的境况：

> 我的父亲才四十出头，一个受过大学教育、从未生过一天病的人。不过，虽然有一大家子的小孩，但他丝毫不把对

孩子的责任感放在心上。他的退休金，本可以部分替代他失去的田产，作为劳动所得以外一笔可观的补贴，实际却成了他和我们维持生计的唯一收入来源。

斯坦尼斯劳斯写道，在至多十一年期间，他们住过的九处地方，"不但反映出我们的财产一步步缩减，而且每个住所在我的记忆里，与我们家某一特定阶段的吉卜赛人般的生活联系起来"。

他描述他父亲玩世不恭的套路：

> 每当有房东对他忍无可忍、想把他赶走时，（他就去）跟房东说，像他这样拖欠房租的，没办法找到新寓所，他必须要能出示他现在所住的房子最近几个月的租金收据才行。于是，房东为了摆脱一位无赖租客，会把他没交租那几个月的房租收据给他，我的父亲拿着这些收据，可以骗得某位别的房东将房子租于他。在这般侥幸的情形下，我们搬入一间更小的屋子，在一片更穷的街区。

斯坦尼斯劳斯记下种种酗酒和暴戾的行径，包括约翰·斯坦尼斯劳斯·乔伊斯"疑似企图掐死"他妻子的场景：

> 在一次酒后撒泼时，他冲向她，抓着她的脖子，吼道："好吧，老天作证，是时候做个了结。"屋里的孩子们尖叫着，在他们中间跑来跑去，可我的哥哥更眼明手快，迅速跃到他

的背上,令他失去平衡,结果两人跌倒在地。我的母亲一把拽过两个最年幼的孩子,和我的姐姐一起躲到邻居家去。

詹姆斯·乔伊斯成功从贝尔韦代雷学院毕业,接着进入都柏林大学,后来逃至巴黎,斯坦尼斯劳斯则紧紧盯着他的父亲,留心戒备。例如,一九〇三年九月二十六日,他在日记里写到父亲:

他专横跋扈、吵吵嚷嚷,科克人喝醉酒时低俗、满嘴脏话、骂个不停的特性在他身上体现得格外显著……他撒谎、虚伪。他把自己的悲惨遭遇归咎于客观环境,逞口舌之快。他的意志消散、头脑糊涂,他变成了一个疯疯癫癫的酒鬼。和每个不得志的酒鬼一样,他心怀恨意,编出最可鄙的侮辱人的话,这种话只能出自一颗爱造谣中伤的心和一张天生嘲笑人的嘴。

他也提到,"爸比没有喝醉酒、心情甚是畅快时,他讲起话来随和亲切,但容易长吁短叹、怨声载道,却无任何行动。他谈的都是往事,风趣幽默,调侃中不带恶意,承认和睦相处是一种慰藉"。

一九〇四年四月,他记道:"当这个家里有钱时,由于爸比的酗酒和吵闹,什么也干不了,当家里没钱时,因为又冷又饿、没有灯,什么也干不了。"在同月的另一篇日记里,他写道:"爸比像只缩头缩脑的小老鼠。他有钱时心里想的是,他可以对他应当抚养的人颐指气使，他的特色是欺凌他们、让他们追着他，最后令他们愿望落空。从他的脸上看，这一特点集中体现在他长了一个奥康奈尔家人的大鼻子。"（约翰·斯坦尼斯劳斯母亲的娘家姓奥康奈尔。）

一九〇四年七月，他写到他父亲与詹姆斯之间的紧张关系：

> 过去三天，爸比一直喝得醉醺醺。他一直嚷嚷着要踹吉姆的屁股。始终就那一句话："哦，没错！踹他，使劲踹！一脚踢烂他的屁股，三脚踢得他屁股开花。哦，没错！只要三脚！"就这样用不堪入耳的话一直骂下去。我受够了，受够了。

八月六日，他记下"家里没有晚饭"。他的日记止于一九〇五年一月。代之的是从那年五月起，他的弟弟查理开始记日记，那本日记进了康奈尔大学的图书馆，约翰·怀斯·杰克逊和彼得·科斯特洛在他们所著的约翰·斯坦尼斯劳斯·乔伊斯的传记里引述了其中的内容。五月二十六日、二十七日、二十八日，查理·乔伊斯在日记里提到他父亲喝醉了，五月三十日和六月一日、二日、十三日、十四日及十五日又再提到。六月二十四日："爸比回家吃饭，醉得很厉害：叫嚷、咒骂等等。爸比把他的晚饭扔到地上；宝宝（家里最小的孩子）脸白如纸；爸比再度出门；又回到家；睡了一觉，醉意略消。"另一篇日记提到，因为没饭吃，一个妹妹典当了她的裙子。

到这个时候，比斯坦尼斯劳斯小三岁、比詹姆斯小五岁的乔吉·乔伊斯已在经历了缓慢而痛苦的过程后于十四岁身亡，梅·乔伊斯在四十四岁时过世。在乔伊斯几个儿子留下的关于他们父亲的所有篇章里，下面这段摘自《看守我兄长的人》、描写他们母亲临终时的话——詹姆斯收到消息，从巴黎赶回去——可能是最令人痛心的：

> 头几个星期，我的父亲表现出他好的一面，但随着病情日复一日不见好转，他变得喜怒无常、必须有人看着他。一天傍晚快下班时，我的父亲在和各种朋友大喝特喝、借酒浇愁后，回到家，用约瑟芬姨妈的话形容，"烂醉如泥"，他走进我母亲的房间。房里除了我的姨妈，还有我哥哥（詹姆斯）和我两人。我的父亲问了几个敷衍的问题，但很明显，他心情恶劣，有话要讲。他嘟哝着在房间里踱来踱去，然后走到床脚边，脱口而出："我完了。我撑不下去了。你假如不能好起来，就去死吧。你死了，下地狱吧。"我只记得当时我吼道："你这个混账！"然后猛地扑向他。随之我惊骇地看见我的母亲挣扎着要下床。我立刻奔到她跟前，吉姆则领着我的父亲走出房间。"你们决不能那样做，"我的母亲气喘吁吁地说，"你们必须答应我，切不可那样做，你们知道，当他那副样子时，他不晓得自己在讲什么。"

斯坦尼斯劳斯·乔伊斯前往的里雅斯特，与他哥哥会合，他的哥哥已在那儿定居下来。查理去波士顿待了一段时间，然后与妻子返回都柏林，住在市里，组建了一个大家庭。

就我们所知，乔伊斯家的几个女儿没有记日记，她们也没有写回忆录，但她们一旦找到机会，就有两人去了的里雅斯特，其中一人不久后返乡；还有一人进了修道院，在新西兰度过余生。其他几个姐妹在都柏林找到工作，一有机会就从家里搬了出去。她们中有些人几乎彻底与她们的父亲断了联系，对他怒意难消。他毁了她们的人生。

据约翰·斯坦尼斯劳斯·乔伊斯的传记作者所述，当他最小的女儿在一九一一年十八岁时刚刚过世，他"便再也不愿与他的女儿们一起生活，忍受她们言语上或无言的责备。他与她们的关系在各方面变得敌对起来，互不相让。"

从一九二〇年直到一九三一年去世为止，约翰·斯坦尼斯劳斯·乔伊斯孤身住在一家寄宿旅馆，他似乎与那儿的女房东维持着诚挚友好的关系。在他人生最后的十九年里，他没见过他的儿子詹姆斯，因为他没有回爱尔兰，甚至，连斯坦尼斯劳斯也看不出有任何理由要从的里雅斯特回去探望他年迈的父亲。据女房东的丈夫讲，这位老人去世时，房里留下的遗物仅是"一套旧西装、一件外套大衣、一顶帽子、靴子和拐杖"，还有一本他儿子的戏剧作品《流亡者》。

*

由此看来，人们可以很容易把约翰·斯坦尼斯劳斯·乔伊斯划归为爱尔兰有历史记载以来最劣迹斑斑的一位丈夫和父亲。但因为詹姆斯·乔伊斯想要或试图在他的作品里论述他父亲留下的影响和他父亲的一生，并因为他不在父亲身边、活在对父亲的回忆中，所以浮现的是另一幅图景。詹姆斯·乔伊斯没有主动、直截地弑杀他的父亲，相反，他不但试图纪念他的父亲，而且设法追溯他的足迹，走入他的心灵，从他父亲的一生中撷取他所需要的，用来给他自己的艺术提供养分。

T.S.艾略特在他给《看守我兄长的人》作的序里评价这本书"诚恳坦率，这一特质令我想起戈塞的《父与子》"。斯坦尼斯劳斯的回忆录让人感到一种未经艺术加工的怨愤，时而针对詹姆斯和他父亲两人。如此说来，一个像他哥哥那样有天赋和决心的作家，本应有可能从对他父亲的怒意中成就一番完整的事业，在他精神的工作坊里，假借他酗酒、任性的父亲，打造出一幅他祖国的画像，世人在体会他的痛苦之际，会认可和赏识这幅画像。

然而，让人眼前一亮、意外出彩的是，乔伊斯拒绝这样的诱惑，他另有打算。

但这种拒绝也可视为他执着的一面。除此以外，他受的苦也许不像他别的兄弟姐妹那么深。斯坦尼斯劳斯在《看守我兄长的人》里描写他父亲喝醉酒时的滑稽举止，他提到：

> 这样的场面对我哥哥的震动小于对我的，不过这类事必然影响他对婚姻和家庭生活的看法……哥哥对父亲的那种依恋始终未变，注定成为他性格上居于主导地位的一个行事动

机。他去克朗格斯上学时,离开的是一个尚算富足、幸福的家。他回来时,家里洋溢着节日的气氛,像是圣诞节,我记得还有复活节,以及漫长的暑假……他在学校住到快十岁,他所认识的仅是我们家庭生活中较为优渥舒适的那部分、我父亲个性中较为和蔼可亲的一面。

他提到,后来,当詹姆斯·乔伊斯就读于都柏林的学校时,哥哥晚上会待在自己的房里看书,不理会他的父亲或其他任何人。他还指出,对他哥哥来说,"不偏不倚地对待他自己创造或通过想象再创造的人物,成为一条艺术上的原则"。

有意思的是,在斯坦尼斯劳斯的日记里,他也一度企图不偏不倚地看待这位他通常憎恶的父亲。他提到,他父亲与他及他哥哥的关系是他在别人家父亲与他们儿子的相处中看不到的。"我认为差别在于,"他写道,"他希望并有把握地预期他的儿子会与别人的儿子不同,甚至——这一点显示出更高的眼界——照他自己的判断,比他更卓有成就。"

在页边空白处,他补充道:

> 而且,除了在一两件事上摆出权威以外,他一直用一种平等的态度对待我们,认为在与我们的日常相处中也应当客气礼貌。他懂得尊重我们的隐私,不轻视我们,为我们着想,不把我们当成畜生般对待,不借此默默地想要坚持占据为人父亲的绝对上风。他称不上是个无情无义的坏蛋,作为我们

的父亲，我们没有理由不尊敬他。

值得注意的是，这篇日记写于一九〇四年七月，而不是用以说明他哥哥天赋异禀的原因的事后之见。

父亲死后，詹姆斯·乔伊斯在给 T.S. 艾略特的信中写到他：

> 他爱我至深，我为自己这么多年来没去都柏林看他而感到的悲伤和悔恨因此又添一层。我不断让他误以为我会去看他，并一直与他保持通信，虽然我非常想去，但我信赖的一种直觉阻止我前往。

乔伊斯向有恩于他的哈丽雅特·韦弗写道：

> 身为罪人的我自己，对他始终怀着很深的感情，连他的过错我也不以为忤。在我的书里，上百页的叙述、数十个角色均取材自他……我从他那儿得来他拥有的画像、一件马甲、一副男高音的好嗓子和过分放纵、肆无忌惮的性情（不过，要说我有什么才华，大半才华源于这种性情），但除了上述这些以外，还有某种别的我说不清的东西。

他告诉他在巴黎的朋友路易·吉莱："《尤利西斯》的幽默是属于他的幽默；里面的人是他的朋友。这本书是他的真实写照。"

既然我们掌握了如此多证据，表明约翰·斯坦尼斯劳斯·乔伊斯是个怎样的父亲，留意他的儿子依照他所知道的、他经历过的和他的父亲是谁这一老套、往往悲惨的路数进行艺术创造，是件趣味无穷的事。詹姆斯·乔伊斯在他的作品里运用复杂的想象，给本已化为幻影的东西投上一道微弱、摇曳不定的光，让他可以凭借文体，使幻影重新变成实物。

不过值得注意的是，当他最开始这么做时，他怀着试验性的态度。在述及他父亲遗留的影响上，他采用的手法变来变去、互相冲突。

他原本计划把一九〇五年写的《圣恩》作为《都柏林人》的最后一篇故事。这个短篇以发生在乔伊斯父亲身上的一桩真事为开端，在格拉夫顿街旁哈里街上约翰·诺兰经营的酒馆里，他在去上厕所的途中从酒馆的楼梯上摔下来。他的一个朋友汤姆·德温救了他，德温是都柏林市政委员会的一位官员。乔伊斯在构想这个故事时，把摔跤的克南先生的背景从他父亲的变成乔伊斯家一位邻居的，这位邻居叫迪克·桑顿，爱好品茶和欣赏歌剧。《圣恩》里宗教静修的情节，是斯坦尼斯劳斯告诉乔伊斯的，他跟随他的父亲及他父亲的几个朋友去了这样一处位于加迪纳街教堂里的静修地。

斯坦尼斯劳斯在一九〇四年九月二十九日的日记中写道：

> 爸比最后一次去做告解和领圣餐的情景甚是滑稽。当时我放声大笑。事情发生在大约两年前。凯恩先生、博伊德先生和钱斯先生（凯恩成了《都柏林人》和《尤利西斯》里的

马丁·卡宁汉,博伊德的名字也出现在《尤利西斯》里,钱斯的名字出现在《芬尼根的守灵夜》里)要去加迪纳街参加一个静修活动,原本决不会做那等庸俗之事的爸比,被凯恩先生说动,同意一起去。每次布道结束,他便去静修,然后酩酊大醉地回家,连续两晚都没酒醒。

他的父亲去做告解,然后回到家,宣称牧师对他说,他"终究不算太坏"。

《圣恩》这篇故事的调子严厉无情。酒徒衣服上"沾满了地板上的污秽,脸朝下,双目紧闭,呼哧呼哧地喘着粗气"。

作者继续使用一种辩论文体,把那个喝醉的人送回了家,"两个晚上以后,他的朋友们来看他",他在床上,他们开始讨论宗教。他们提到一位将要主持静修的牧师,他的名字叫珀顿神父,都柏林的读者估计能领会到其中的可笑之处,珀顿街是都柏林红灯区最著名的一条街道——在《尤利西斯》的"夜市区"一章里乔伊斯将提到这条街——但这几个男人本身并未意识到这个名字有多好笑。他们也一边若有所思地议论着各位教皇和他们的座右铭,从"光上之光"到"十字架上的十字架",一边对他们自己的愚蠢浑然不觉。到了静修现场,他们凝望着悬在高祭坛前面的一点红灯,听珀顿神父布道。他们是小丑式的人物,理当遭到我们的嘲弄。故事里闹出的这些笑话,原因在于他们的无知、他们思想的狭隘、他们使用的陈词滥调。他们没有头脑、没有活力。

假如《都柏林人》止于此,那么乔伊斯算是适当地报复了他父亲一下，讥笑他父亲的朋友，让读者心领神会。《圣恩》里的人物，连布道时的牧师，讲话的声音也是无精打采、死气沉沉。"死者"这个标题本可恰到好处地用在一则以反讽方式表现圣恩主题的故事上。

两年后，乔伊斯写了《死者》，这个短篇最终成为《都柏林人》的收尾故事，他仿佛试图复活那些在《圣恩》里被他用嘲弄和疏离手法埋葬的人。不再似从自娱自乐的角度来揣摩主人公，乔伊斯走入他的心灵，让他具有一种复杂的情感，对经历的事做出多姿多彩的反应。

这个短篇也是基于他父亲人生中的一件事，但这回，乔伊斯没有转述，而是开始把它放入梦里，经过再想象，赋予它一种先前那则故事明显欠缺的慈悲。

*

在康纳·克鲁斯·奥布赖恩所著的《玛利亚·克罗斯》一书里，有一篇论肖恩·奥·法莱恩的文章，开头，他分析了这种完全以想象方式记述发生在上一代人生活中的事的做法。乔伊斯在都柏林度过的最后几年，他和斯坦尼斯劳斯两人都去过希伊的家，希伊的父亲是代表爱尔兰议会党的下议院议员，他们认识了那家人的几个女儿，其中一个女儿凯瑟琳是康纳·克鲁斯·奥布赖恩的母亲。《死者》里爱佛丝小姐这个人物部分以她为原型。

从康纳·克鲁斯·奥布赖恩本人对爱尔兰的许多撰述中可以

感到，自帕内尔下台后到一九一六年起义前，中间有一段低潮期，当时，他母亲的娘家，希伊家的人在都柏林位高权重，这段时期，克鲁斯·奥布赖恩似乎过得相当安乐，抱着某种渴望。乔伊斯对他心中的都柏林的想象也落在这一时期。

克鲁斯·奥布赖恩写道：

> 对我们所有人来说，有一段模糊状态期，可以回溯至比我们早出生的一两代人，这段时期完全独立于其余历史阶段之外。我们的长辈通过讲述，把他们的记忆灌输到我们的记忆里，直至我们慢慢产生一定的连续感，超出并跨越我们个人自身的存在……在唠唠叨叨的小群体里长大的孩子产生的这种连续感可能很强，假如他们想象力丰富，便有本事在他们自己的人生中融入一长段他们个人出生前的时期。

这段模糊状态期以令人回味无穷的方式进入《死者》的主旨，乔伊斯把故事既设置在想象中的过去，也设置在想象中的未来。从写《圣恩》到写《死者》相隔的那段时间里，乔伊斯细心经营的刻薄转化为一种犹疑、含而不露的宽厚。他摒弃他弟弟妹妹眼中的他父亲的形象，成功释放出大量性灵上的活力，这些活力继而让他可以在形式和文体上做新的尝试，使他随之走出犹疑和含而不露，迈入一个勇敢、滑稽、天马行空的虚构体系。

他没有出席在阿舍尔岛举行的那些宴会，《死者》里描述的宴会。斯坦尼斯劳斯在《看守我兄长的人》里写道："我的父母在布瑞镇和市区有许多朋友,圣诞节前后和新年时,他们常去都柏林参加舞会,在酒店过夜,像《死者》里的康洛伊夫妇一样。"他还提到,他的父亲具备演说家"能言善道的口才"。"至于他'侃大山的天赋',除了加布里埃尔·康洛伊认为的过于深奥、他的听众无法理解的文学典故以外,《死者》里的发言,是他在宴会后所做的演说的一个典型样本,只是经过几分润色和修改。"

理查德·艾尔曼在他所著的乔伊斯的传记里写道:

> (詹姆斯·乔伊斯)童年时其他的节庆日,与他好客的姑婆卡拉南太太和莱昂斯太太,还有卡拉南太太的女儿玛丽·埃伦一同度过,他们住在阿舍尔岛十五号,他们家又被称作"弗林小姐帮"。每年,乔伊斯家年满一定岁数的人会去那儿,约翰·乔伊斯切鹅肉、发表演说。

《死者》里,加布里埃尔与他母亲为他的婚事所起的争执,含有约翰·斯坦尼斯劳斯和他母亲为他娶梅·默里一事而争吵的影子。

不过,加布里埃尔这个人物既和他的父亲有共同点,也和詹姆斯·乔伊斯本人有相似的成分。加布里埃尔给《每日快报》撰写书评,乔伊斯也一样。他的妻子来自爱尔兰西部,诺拉·巴娜科也是。加布里埃尔当老师,詹姆斯·乔伊斯亦然。他把目光投向世界,而不愿站在民族主义者一边,乔伊斯也一样。

艾尔曼依据斯坦尼斯劳斯·乔伊斯留下的记录,补充指出,加布里埃尔身上可能还有另一个原型,即乔伊斯的一位朋友,名叫康士坦丁·柯伦,他提供了一些可能的证据证明这一点,包括柯伦忧虑的个性和故事里加布里埃尔的哥哥名叫康士坦丁的事实。

但更可能的情况是乔伊斯完全按照自己的需要安排细节。他在创作时没有明确的原型。他从想象阿舍尔岛上的那栋房子开始,还有那段对他来说的过渡期,他看着他的父母,一对光彩照人的年轻夫妇,离开布瑞镇的家去那儿,这对夫妇天生有一副好歌喉,喜爱唱歌使他们走到一起。他在故事里给了他父亲莫大的尊严。喝醉酒的人是弗雷迪·马林斯,不是加布里埃尔。他细致入微地想象他的父母整个晚上容光焕发;他观察还有谁到场;他看着晚宴如何进行,如何结束。

他把这个过程看得如此清晰,以致洞悉它的实质,直至他让自己开始在那些房间里踩着他父亲的足迹行走。他看见他自己的伴侣诺拉·巴娜科也在场,替代他的母亲,或装扮成他的母亲。他看见自己扮成他的父亲。他把自己的内心与他父亲的内心合并起来,如同日后在《芬尼根的守灵夜》的结尾他与那条河汇合一样:"我在悲伤与疲惫中回到你身边,我冰冷的父亲,我冰冷发疯的父亲,我冰冷发疯吓人的父亲。"如同他在《一个青年艺术家的画像》的最后几句话里召唤出他的父亲:"老父亲,老工匠,现在和以后,请助我一臂之力吧。"[①]

[①] 书中摘自《一个青年艺术家的画像》的引文,译文采用的是2014年译林出版社出版、徐晓雯翻译的版本,下同。

在《死者》里，他让自己和他父亲都超脱于时间之外。为实现这一点，他需要创造第三个角色，这篇故事的作者，他，和面前摆着白纸、尝试进行修补情感这项壮举的乔伊斯一样，在文体上举棋不定，开始采取一种纯粹口语式的调子，像是有人在闲谈间讲述一个故事，最后变成高度艺术化的语气，措词风格近似于拉斐尔前派的诗或维多利亚时代的祷文。故事以孤立的人物李莉开篇，她是看门人的女儿，很快不见踪影，最后以"所有的生者和死者"作结。

中间，故事的着眼点和受关注的事情的肌理转换变化。加布里埃尔的惴惴不安、他的警觉、他的中间立场，让他好似一个想尝试点新东西的作者。没有什么逃得过他的注意，尤其是感悟到他自身的不足、感悟到他自身的困窘。正如加布里埃尔不确定他的发言是否适于那个场合一样，这篇故事本身也犹疑不决，不愿落定在一个调子上。

加布里埃尔迟疑不决，犹如迈克尔·福瑞一样，像个鬼魂。他夹在两种身份之间，一方面他是爱尔兰人，另一方面他努力不想只做一个爱尔兰人，乔伊斯当时也一样，夹在他父亲的两种形象之间，一种是他熟悉和记得的，另一种是他希望创造出来的，目的是让他的想象力不被内心的怨愤所局限，那种怨愤只会败坏和损伤他的想象。

《死者》倒数第二段的开头一句话写道："大量的泪水充溢着加布里埃尔的眼睛。"通过把他自己的耽于声色与他想象中他父亲的耽于声色混在一起，让他自己的鬼魂与约翰·斯坦尼斯劳斯·乔伊斯的鬼魂合二为一,他破除了他细心经营的刻薄,表现出宽厚的一面。他解救了自己,为的是眼下他要进行的创作。

不过这种做法仍是战战兢兢的。在《一个青年艺术家的画像》的初稿《斯蒂芬英雄》里,乔伊斯写了一段格外深情的话,那个场景是,即将上大学的儿子斯蒂芬问他的母亲,想不想听他朗读一篇他写的论易卜生的文章。母亲同意后,"斯蒂芬朗读那篇文章给她听,语速缓慢、一字一句,念完后,她说,这篇文章写得很漂亮,但里面有几处地方她没明白,他可否再念一遍给她听,并稍加解释"。

听他念完后,她表示有兴趣读一读易卜生的经典代表剧作。"你当真想要读易卜生的作品吗?"斯蒂芬问。他的母亲答道:"真的,我想读。"过了一会儿,她说:"在嫁给你父亲以前,我常看很多书。我以前爱读各种新的戏剧作品。"

在《斯蒂芬英雄》里,代达勒斯太太开始阅读易卜生的作品:

>一两天后,斯蒂芬给了他母亲几本剧作,供她阅读。她怀着浓厚的兴趣看完,觉得诺拉·赫尔默是个迷人的角色。她钦佩斯托克曼医生,但她自然不敢明显流露这种钦佩之情,因为她的儿子随口用亵渎的语言形容那位敦实的市民是"穿着男礼服大衣的耶稣"。不过在所有剧本里,她最喜欢《野鸭》。她欣然主动地谈到那部剧:它深深打动了她。

斯蒂芬希望她别将海德维格·艾克达尔与《老古玩店》里的

小耐儿相比,故试着对她摆出屈尊俯就的态度,她的回应是:"当然,我也喜欢狄更斯,但我看得出小耐儿和那个可怜的小家伙之间存在很大差别……"她继续说道,易卜生的剧作"给我留下极深的印象",而且她认为这些剧作"实在了不起"。她的儿子问她是否觉得这些剧本有违道德,她回答:"我认为易卜生……对人性有非凡的认识……我认为人性有时是一件很不寻常的事。"

在《斯蒂芬英雄》里,斯蒂芬的母亲也就他的丧失信仰当面直接质问他。那场戏里的她热忱、形象饱满,是个有着坚定信念的人,也有着和她儿子一样不可动摇的良知。我们从《斯蒂芬英雄》里的她身上看到一种受伤后的倔强,这种倔强与她儿子的倔强旗鼓相当。

由此可见,在《斯蒂芬英雄》里,斯蒂芬母亲的形象有见识、开明、善感,同时又是一位虔诚、严肃的天主教徒,敬重她的牧师,而斯蒂芬的父亲却被描绘得铁石心肠、麻木无情,对于小说里后来死去的女儿伊莎贝尔的返家,他的反应冷淡:

> 斯蒂芬的父亲不愿见到他的家里又多住一个人,更何况还是他不怎么喜欢的一个女儿。他气恼他的女儿不肯利用修道院给她提供的机会,但他确实有公共责任感,哪怕只是间歇性的,他决不会允许他的妻子在没有他的帮助下把女儿带回家……斯蒂芬的父亲颇有本事说服自己相信他知道什么是假的。他知道是他自己的所作所为毁了他,但他说服自己相信,毁了他的是别人的所作所为。他跟他的儿子一样,不喜

欢负责，但他缺乏他儿子的勇气。

我们获知，他有可能"变成偏执狂。夜晚的家是这一系列复仇举动的神圣见证者，沉思、嘀咕、怒吼和咒骂"。

后来，书里描写了代达勒斯先生对缴房租的看法：

> 代达勒斯先生对私有财产权的认识不足：他经常不交房租。他觉得买吃的要花钱理所应当，但指望人们按照都柏林房东的要求、每年付一笔高得离谱的租金换取栖身之所，在他看来是不合理的。至今他已在克朗塔夫的这间屋子住了一年，过去那年，他交了四分之一租金。

稍后，书里还提到斯蒂芬遭他父亲的辱骂，一次因为学习不够刻苦（"你越早滚出去越好"），另一次因为拒绝了耶稣会会士给他提供的一份带薪工作。他的父亲称他是个"变态、该死的无赖"，对看到他在他妹妹的葬礼后与灵车司机一块儿喝烈性黑啤酒表示不齿。（"天啊，那日上午我为你感到羞愧。"）

讲到这里，特别有意思的一点是，从《斯蒂芬英雄》到《一个青年艺术家的画像》，描述这对父母的口吻发生了变化。在后一本书里，母亲这个人物除了关心家庭和睦、家务活和宗教以外，对其他事一概不感兴趣。她不再善感敏锐，不会在读了易卜生的作品后发表感想，也不会就儿子的丧失信仰与他争辩。她的能动性被解除，她被放进老套的窠臼里，成为书的背景，从而让别的动态变化,特别是让那些与她儿子的良知和雄心的惊人增长有关的,能够得到充分开发。

上述用心将让母亲这个人物在挥之不去的紧迫感下复活于《尤利西斯》的篇章里。但似乎,一场与她全面的交锋被有意推迟了。

正如在《一个青年艺术家的画像》里,作者把与母亲有关的场景写得比先前更平淡无奇一样,对于父亲的一贫如洗,作者也没有在书中加以浮滑或轻巧的分析。儿子与他父亲的关系以实时呈现的方式,显得出奇难解而令人痛心,引出一种忧伤、困惑、近乎诗意的调子。书里没有一句话写得这般言之凿凿:"代达勒斯先生对私有财产权的认识不足:他经常不交房租。"这话里透出强烈的自鸣得意,明确知道它想要达到的效果。

相反,在《一个青年艺术家的画像》里,乔伊斯写到他们搬家的场景时,所用的口吻体现出这本书的主题是如何造就一位诗人,而不是揭露一位父亲的真面目:

> 斯蒂芬坐在父亲旁边的脚凳上,听父亲前言不搭后语地自言自语了好长时间。他开头几乎没听懂多少,或者说完全听不懂,不过慢慢他听明白了,父亲遭遇了对头,要打一场恶仗。他觉得自己也重任在肩,也要应征投入战斗。从黑石村的安逸静思中突然逃离,穿越雾霭沉沉的城区,想到如今要生活在这幢四壁空空叫人沮丧的房子里,这一切令他心情沉重……

在引述父亲的讲话时，它读起来是这样的："斯蒂芬，老伙计，我这里还有绝处逢生的时机，代达勒斯先生一边说一边狠狠地去戳弄奄奄一息的炉火。我们还没玩儿完呢，儿子。没玩儿完，凭着我主耶稣说（求上帝宽恕），一半都还没玩儿完呢。"

这一幕和书中后来全家人再度搬住处的一幕，采用了慢镜头的处理方式。在先前那本书里，我们读到这样的句子："斯蒂芬的父亲颇有本事说服自己相信他知道什么是假的。"与这条斩钉截铁的评断相比，在后一本书里，乔伊斯对父亲的描述避免做出轻易的结论。人物性格的塑造不是靠陈述，而是通过种种暗示，不是靠定见，而是通过分散的画面，这些画面组建起一个复杂浓缩、开放式的格局。

通过将他的父亲从私领域——私下里他显然是个恃强凌弱、丧失人性的恶棍——移入公共领域，乔伊斯使他的父亲不再是斯坦尼斯劳斯在其日记和回忆录里那样有把握记述下的那个人，也不再是他本人以《斯蒂芬英雄》里的那种口吻所塑造的那个人。他让父亲表现出与其朋友在一起时的形象，而不是与其家人在一起时的。他看出通过夸大赛门·代达勒斯与一个他有几分乐在其中但无法完全掌控的圈子之间的摩擦，能实现什么样的效果。

在《一个青年艺术家的画像》的尾声，斯蒂芬的朋友克兰利问了斯蒂芬一个有关他父亲的问题，这个问题与《死者》里加布里埃尔向格丽塔问起迈克尔·福瑞的一模一样。"他是干什么的？"在《死者》里，格丽塔的答复带有一种傻傻的天真："他在煤气厂工作。"在《一个青年艺术家的画像》里，斯蒂芬的回答充满喜剧活力,仿佛他的父亲是个小说里的角色,他的特质是某些近乎令人感到自豪的东西,若是真的则更好:"医科学生,桨手,男高音,业余演员,嗓门洪亮的政客,小地主,小投资商,酒鬼,好人儿,讲故事的好手,大人物的秘书,酿酒厂里的关键人物,收税的,破产者,眼下嘛,是自己历史的称颂人。"

可是,尽管在《一个青年艺术家的画像》里,父亲这个人物给我们感觉比在《斯蒂芬英雄》里多注入了些同情、宽容和层次,但他仍未被描画成一个模范公民或一位令人感到自豪的父亲。在其他两场生动表现他矛盾的自我及和外界交锋的种种方式的戏里,力量的类型不同。

第一场戏发生在故事开始不久,圣诞节,谈到帕内尔和芬尼亚会时发生了争执,持一派观点的赖尔登太太和持另一派观点的凯西先生均比赛门·代达勒斯更极端、过激,不过赛门·代达勒斯非常清楚地表明他自己的立场,并凭借机敏睿智和不屈不挠,使读者站在他一边,从而让读者也让他的儿子觉得他是赢家,击溃了赖尔登太太和其他所有反对自由的人。

在这场戏中,他的谈话简明扼要、有条有理。赛门在讲到教会时说:"这就怪他们自己啦……哪怕他们肯听听傻瓜的建议,也会守本分只去留心宗教的事。"而且他是"温和地"说出这番话。在描写他父亲讲话时,斯坦尼斯劳斯·乔伊斯不会用这样的词来修饰。争论进行到后来,形容斯蒂芬父亲的又一次插话的修饰词是"淡淡地"。

赛门设法在这尖锐的针锋相对中招待大家用餐,朝他的儿子使眼色，以便让儿子与他联手。直至费尽心思、强压怒火、受了许多挑衅后，他才终于"哗啦把刀叉往盘子上一扔"。只在这一刻，作者才用"嘶哑着嗓子"这个修饰语来描绘他的讲话。不过事后，他能很快恢复好心情，甚至能继续辩论下去，而不恶言相向或谩骂。毫无疑问，他的发火是因为喝了酒。在整场戏里，他维持着一定的尊严。

最后，大吼的人是凯西先生——"爱尔兰就不要什么上帝！"——不是代达勒斯先生。事实上，作为理性人物，代达勒斯先生试图阻止凯西讲出更过激的话，他和查尔斯叔公把凯西再度拉回到椅子上，"一左一右好言相劝"。没有听见父亲也跟着吼，斯蒂芬"大惊失色，抬眼去看，只见父亲已满眼是泪"。他所哭的，也是将来令他儿子终生肃然起敬的——对查尔斯·斯图尔特·帕内尔的怀念。

在《一个青年艺术家的画像》里，另一场与他父亲有关的戏完全脱离家庭场合，斯蒂芬陪伴一位形象更任性的父亲前往科克，让他的父亲可以故地重游，重新点燃回忆，畅饮一番，同时也将他名下的田产拍卖出售。

从行程一开始，斯蒂芬就感到跟他父亲在一起不自在。"他无动于衷地听父亲回忆科克郡，回忆青春的画面——那故事讲得断断续续，只要里面出现了某个已故朋友的形象，或是突然想起了此行的目的，回忆者就叹口气，或者从口袋拿出酒罐喝上一口。斯蒂芬听着，但无一丝怜悯之心。"

由于他父亲的科克之旅被刻画得丢脸、伤感，因此他显得可怜而非坚强、悲惨而非霸道、啰嗦而非吓人。在和他同行的过程中，斯蒂芬既没厌恶起他的父亲，也甚至没鄙视他。那么做恐怕太容易和刻板，不能到达他的目的。相反，他谛听、观察、让他的思绪游走。只言片语令他如雷贯耳，但又费解难懂，像是破碎的诗。此外，随着他周遭各种毫无意义的空谈持续不断，他的心中充满内疚，内疚于他自己的感受或他怎么成了这样的人。

在他细腻的意识中进行着太多别的活动，令他焦虑的事范围太广，让他无法做出像在《斯蒂芬英雄》里那样的对他父亲的简单评断。目光始终投向自己的内心。但无论如何，在这场与他朋友喝酒的戏里，他的父亲没有受到敬仰或称颂。斯蒂芬特有的弱点让他感到自己的"心灵仿佛比他们的要老成许多：他的心灵凌驾于他们的奋斗、幸福和悔恨之上，闪耀着清辉，如月光照耀青春年少的地球"。他不仅在这些场景中成熟起来，还反而变得比他父亲更有见地，他更充满警觉、勇气和深切的感受，这些是他父亲永远无法企及的。

*

乔伊斯在《圣恩》这样的短篇小说和《斯蒂芬英雄》里学习了观察他的父亲，又在《死者》《一个青年艺术家的画像》里将他的内心世界和他父亲的合二为一，接下来，他试图飞升到他父亲之上，仿佛从高空透过净化了的空气来看他的父亲。他变成了伊卡罗斯，代达罗斯的儿子，但这位伊卡罗斯飞起来的目的是躲开将要试图诱捕他的陷阱,他将宣告:"一个人的灵魂降生在这个国家,就有各种罗网扑上来,束缚它,不让它飞翔。你跟我讲什么民族、语言、宗教。我一定要飞出这些罗网。"

不过,在他飞起来的同时,他的身后将跟着他的父亲,在他给自己作的《一个青年艺术家的画像》的最后一句话里所召唤出的这个人物。

在《尤利西斯》的十八节里,有七节写到或提到赛门·代达勒斯。我们之前读过的他,无论是在约翰·斯坦尼斯劳斯的《看守我兄长的人》里,还是在怀斯·杰克逊和科斯特洛所著的他的传记里,他一旦在家,就完全受到排斥,可当我们在《尤利西斯》的《哈得斯》一节里初遇他时,他与大家相处得十分融洽。他正和其他人一起坐马车去参加派迪·狄格南的葬礼。

在前往葬礼的途中,他们瞥见斯蒂芬·代达勒斯,"令郎,您的继承人",利奥波德·布卢姆指出说。赛门·代达勒斯痛骂了一通他儿子结交的友伴和他大概打算跟那帮人去干什么,其中有一个时机让乔伊斯顺利地确立起赛门在他的同伴眼里脾气暴躁的形象。因而布卢姆暗思:"任性的人,喜欢大吵大闹。"

但转而布卢姆又想道:"一心为儿子。他也有理。"表明他对赛门的看法不同于斯坦尼斯劳斯·乔伊斯对他父亲的看法。在赛门·代达勒斯开口时,作者两度让他讲出精辟犀利的话,从而把他树立成一个风趣机智或颇有口才的人。第一次是在他说起壮鹿马利根时:"我要他的屁股痒。"第二次是他宣称天气:"就跟娃娃屁股一样没有准儿。"

为了把赛门·代达勒斯这个人物与他自己父亲的一生绑在一起,乔伊斯接着很快安排了一幕,让茹本·J.岛德——取自他父亲真实生活中的一个人,约翰·斯坦尼斯劳斯欠这人钱,并对他极其反感——出现在街上。赛门·代达勒斯说:"愿魔鬼挑断你脊梁骨上的大筋!"

上文中修饰动词"说"的短语是"语调温和",这一点别具意义。赛门·代达勒斯没有呵斥那人或破口大骂;他没有冲那人咆哮而令马车上他的同伴难堪。不过,他在他们讨论岛德时,向他们言明他的看法,说"基督在上",希望岛德淹死,称他是"那个不可救药的坏小子"。

因此,到抵达葛拉斯内文公墓时,赛门已经发了两次火,但都是有所克制的,一次是针对他的儿子,另一次是针对借钱给他的那人。然而,路上其余时候和在墓地里时,他表现得庄重得体,遇到的人都对他表示尊敬。在有人问起突然身亡的狄格南是不是个贪杯的酒鬼时,赛门·代达勒斯说"不少好人的通病",并注明他在讲这话时"叹了一口气"。未几,他想起自己过世的妻子——梅·乔伊斯死于一九〇三年,比这部小说设置的时间早一年:

——她的墓就在那边,杰克,代达勒斯先生说。我也快到她身边去趴下了。请天主随时把我带走吧!

他情绪激动,眼泪夺眶而出,脚下也跌跌绊绊的了。帕尔先生扶住了他的胳膊。

——她现在的地方更好,他安慰他说。

——我想也是，代达勒斯先生软弱无力地倒抽了一口气说。我想，只要有天堂的话，她就是在天堂里。

我们下一次见到赛门·代达勒斯是他在《自由人报》报社，这回和他在一起的也是让他感到轻松自在的同伴，轻松自在得令他在听人朗读一篇浮夸的写爱尔兰的文章时喊道："折磨人的基督，你这样不会在屁股上犯心口疼么？"未几，他在话里引用拜伦的诗。再过没多久，他"脱口而出，一声绝望的呻吟"，怒喝"臭屁不值！"，然后戴上帽子声言："这么一折腾，我非得喝一杯不行了。"

可是很快，现实世界，或说赛门·代达勒斯不幸的家境状况引起人注意，他的两个女儿在他家的厨房聊天，其中一人说："老爷呀，咱们什么吃的也没有吗？"另一个姐妹询问她们的妹妹迪莉去了哪里。"去找父亲了。"有一人告诉她。另一个姐妹回道："咱们的不在天上的父亲。"

后来，在离一家拍卖行不远处，苦恼的迪莉遇见她苦恼的父亲，向他要钱。"我到哪儿去弄钱去？"他反问道，"都柏林全市没有一个人肯借给我四便士。"迪莉不相信他的话。最后，他递给她一先令，当她想再多要点时，他滔滔不绝地痛骂了她一顿："你跟她们那一伙都一样，是不是？打从你们那可怜的妈去世之后，你们都成了一帮蛮横无理的小母狗。可是你们等着瞧吧。早晚我得让你们全都来个干脆利落，叫你们痛快。给我耍无赖！我把你们都扔了。就是我挺了腿儿，你们也不会在乎的。他死了。楼上那家伙死了。"

最终,他又给了她两便士,并说他很快会回家。于是,他被塑造成这样一个人,当他的孩子不够钱买吃的时,他自己却在城里轻松地游荡。他和他的友伴及熟人相处时比和自己的家人相处时更如鱼得水。

他下一回现身,是和一个名叫考利的人在一起,值得注意的是,考利的经济状况比他的更拮据,并被代达勒斯的死敌茹本·J.岛德追债,他欠了后者钱。在又有一人出现时,赛门抓住机会,取笑他的衣服不合体。

这些邂逅缓解了前一次邂逅的气氛,或说为前一次邂逅提供了参照背景,证明不单只有代达勒斯一个人欠钱、害怕法警和穷,人们几乎不把这些问题当回事。和考利的这场戏进一步使赛门·代达勒斯像个合群、正常的人。

不过,到此为止,他仍只是那天的配角,又一个在书里漫步的人物,但在下一节《赛壬》里——故事发生在奥蒙德码头的奥蒙德饭店的酒吧兼餐厅,令人遗憾的是这栋建筑现已废弃——他走到舞台中央。一九一二年,乔伊斯最后一次去都柏林时,他循例与他父亲在这家饭店的酒吧碰面,当时他的父亲或多或少在为其律师朋友乔治·利德威尔效力,利德威尔的事务所在饭店附近,约翰·斯坦尼斯劳斯用事务所的地址作为他的住址。利德威尔还在詹姆斯·乔伊斯与一般认定的《都柏林人》出版商之间发生纠纷时给他出谋划策过。

一九一二年八月二十一日,乔伊斯在的里雅斯特写信给斯坦尼

斯劳斯,转述他和利德威尔及他父亲一起在奥蒙德饭店的酒吧时他听到的笑话和逸事。"爸比给他们讲了下面这个故事,"他写道,

> 一位主教去拜访一位P.P.（堂区司铎）,逗留得太晚无法回家。堂区司铎请他留下来,说屋里只有两张床,他自己的和他管家的。主教说他愿意在堂区司铎的床上过一晚。他们上了床。早晨,堂区司铎在半睡半醒中使劲拍了一下主教的屁股说:——起来,玛丽·安,我要赶不上弥撒了——结果,老天作证,就在第二日,这位大人被提拔为主教长。

在《尤利西斯》里,下午四点,赛门·代达勒斯在奥蒙德饭店和女侍者调完情后,点了半杯威士忌酒和少许饮用水,然后点燃他的烟斗。不久,他的朋友莱纳汉探头进来,最后终于和他打招呼:"有人问候了,是有名的父亲生下来的有名儿子。"在被问到说的是谁时,他回答:"斯蒂芬呗,青年诗人。"

> 有名的父亲代达勒斯先生,放下了已经装满的干烟斗。
> ——原来如此。我一时没有想到是他。听说他现在挑了一些好伙伴。你最近见到他了吗?
> 见到了。
> ——我就在今天还和他一起痛饮琼浆玉液哩,莱纳汉说。在穆尼酒店 en ville,又在穆尼酒店 sur mer。他拿到了他的文艺创作的酬金。

他面带微笑，瞅一瞅古铜的沾茶的嘴唇，瞅一瞅听他说话的嘴唇和眼睛。

——爱琳的精英们都侧着耳朵听他的。有大权威休·马克休，有都柏林最出色的笔杆子和大主编，还有那位来自稀湿的西部原野的小伙子，雅名奥马登·伯克的行吟诗人。

隔一忽儿，代达勒斯先生举起了酒杯。

——那一定是很有趣的了，他说。我明白了。

他明白了。他喝了一口。眼神中是幽幽如远山的哀思。放下了酒杯。

他向通客厅的门那边望去。

上文里提到"酬金"。所以显然，斯蒂芬有钱。他正与休·马克休一起花钱，赛门·代达勒斯先前在《自由人报》报社见过此人。奥马登·伯克也是一位记者。读者可能会把休·马克休认作休·麦克尼尔；奥马登·伯克是以一位著名记者威廉·奥利里·柯蒂斯为原型创作的，詹姆斯·乔伊斯和他弟弟都认识他。

由于赛门·代达勒斯通常把话讲得妙趣横生、富有韵味，所以上文中他的两句回应，"那一定是很有趣的了"和"我明白了"，是他最克制的表现。他既不是令人反感的父亲，也不是随和的同伴；确切地说，他是受鄙弃的父亲，他的儿子不愿与他做伴，但把时间花在娱乐更有意思的人上。赛门的"眼神中是幽幽如远山的哀思"，他为失去丢下他不理的斯蒂芬而伤感。

于是可以顺当地让他在这一章余下的部分反复思忖这种失去，

再点几杯酒,为自己感到愤愤不平,然后回家,找他女儿的麻烦。但乔伊斯希望把赛门塑造成一个有着复杂心事的人物,他在书里的形象不是稳固而是多变的。赛门和乔伊斯的父亲一样,既特别留不住钱,又有一副出色的男高音的嗓子。在这章的余下部分,当布卢姆在奥蒙德饭店的酒吧沉思许多问题、乔治·利德威尔——书里使用了他的真名——进来加入大家之际,赛门·代达勒斯和他的同伴朝钢琴走去,赛门讲了一个下流的笑话,取笑莫莉·布卢姆,接着他唱起弗洛托写的《玛莎》里的选段《我面前出现》:"通过静谧的空气,歌声向他们传来,轻轻的,不是雨声,不是树叶的喊喊私语,不似弦音或是簧音或是那种叫什么的扬琴音,有唱词触及他们的耳朵,静止的心脏,他们各自记忆中的经历。舒心啊,听着舒心:当他们初初听到,忧愁似乎从他们每人心上一扫而空。"

布卢姆听着,小说向我们这样描述:"歌声提高了,叹息了,转调了:响亮、饱满、辉煌、骄傲。"这个是赛门·代达勒斯最意气风发的时刻。布卢姆注意到"他的嗓音还是很出色的。科克的空气比较柔和,还有他们的方言口音也有关系"。在这幅父亲作为艺术家的画像里,乔伊斯再度驱使他成为与他朋友在一起时的赛门英雄。

但乔伊斯决不会让任何发生的事持续很久。布卢姆望着赛门,心中若有所思道:"愚蠢的人!本来是可以挣大把钱的。"接着他用简洁有力的一句话,让这位飘飘然的歌者回落到尘世间:"把他的老婆折磨死了,现在倒唱起来了。"

赛门唱毕，大家对他的反应除了鼓掌，还有在他歌唱时涌起的昔日的回忆，如赛门的内兄里奇·古尔丁，他

> 记得很久以前的一个晚上。那是永远难忘的一晚。赛唱了《地位和荣誉》：是在内德·兰伯特家唱的。好天主啊，他这一辈子也没有听到过那样的乐曲真的从来没有过因此上你虚伪的人啊分手吧那么清脆那么天主啊他从来没有听到过既然你心中没有爱情是金钟般的嗓音，你去问兰伯特吧，他也会告诉你的。

赛门·代达勒斯，由本·多拉德陪同，在经历了全书中他的巅峰时刻后，也回忆起意大利人在科克的演唱："他小时候在林加贝拉、克罗斯黑文、林加贝拉，就听到人们唱威尼斯船夫曲。女王镇的港口里，停满了意大利船舶。在月光底下，戴着他们那种地震帽游逛，你知道吗，本。几个人的歌声混成一片。天主啊，那音乐，本！小时候听到的。克罗斯林加贝拉黑文，月光船夫曲。"

赛门·代达勒斯在本·多拉德唱完《短发的少年》后夸赞他。接着，他将最后一次以凡人的身份在《尤利西斯》里开口讲话，他听闻布卢姆一直在现场这群人中，遂若有所思地说："他老婆的嗓子挺好。"小说剩下的部分将属于布卢姆和斯蒂芬。

这位父亲将被打发上路，同时，他的儿子在城市里漫游，寻找替代他的人。

然而，赛门将再度出现在《喀耳刻》一节里，一连串发生在

妓院的幻觉场景中。他将长出"强大有力、嗡嗡作响的翅膀",将叫斯蒂芬"想想你母亲娘家的人!"。然后,在异常动人的一刻,斯蒂芬的母亲,"僵直地从地底下升起。她瘦骨嶙峋,身穿麻风病人的灰色衣裙,头戴枯萎的橙花花环,蒙着一块已经撕破的新娘面纱。她形容枯槁,脸上没有鼻子,由于在坟墓里发霉而呈绿色,头发稀少而发直。她睁着眼圈儿发蓝的空眼窝,直勾勾地盯住斯蒂芬,张开没有牙齿的嘴喊了一下,但是没有声音"。在用拉丁语讲了几句话后,她"露出不可捉摸的笑容",说:"我原是美貌的梅·古尔丁。现在我死了。"她将要求斯蒂芬忏悔,建议他让他的妹妹迪莉"每天晚上给你煮那种大米吃,你用脑多"。在她讲出"小心天主的手!"时,一只"绿色的螃蟹瞪着恶狠狠的赤红眼睛,张牙舞爪地伸出两个大钳插入斯蒂芬的心脏深处"。

他"气得说不出话来",喊道"屁",同时"面容扭曲,脸色灰白苍老"。

在下一节里,布卢姆告诉斯蒂芬,当天早些时候,他遇到过他的父亲,并补充说,在聊天过程中,他推断父亲搬了家,因而询问他现在住在哪里。"我相信他住在都柏林某地,斯蒂芬不甚在意地回答。怎么?"

布卢姆继续讲道:"一位有天赋的人物……不止一个方面的天赋,而且是天生的 raconteur,比谁都强。他为你感到骄傲,理所当然的。"他建议斯蒂芬可以考虑回去与他的父亲同住:

然而,这一含含糊糊的建议并没有引起什么反应。斯蒂芬的思路正忙于重温最后一次见到家中壁炉前生活的情景，他妹妹迪莉披着长发坐在炉火前，等待那沾满油污的水壶里的特立尼达带皮可可煮好，她和他准备用燕麦面冲水当牛奶就着喝，他们吃的是一便士两条的周五鲱鱼，玛吉、布棣和凯蒂每人一枚鸡蛋，猫则在红树下啃那一方粗纸片上的一堆蛋壳和烤焦的鱼头和鱼骨头，那天是四时斋，要不然就是四季斋还是什么的，是教会第三戒律规定斋戒的日期。

正是他儿子初始回答时的不在意，连同上述这幅鲜明的贫困的画面，进一步使赛门·代达勒斯变成幽灵和影子。可是，当布卢姆和斯蒂芬朝布卢姆所住的埃克尔斯街走去时，赛门·代达勒斯的声音出现在布卢姆的脑中，他幽灵般的影子也再度跟着摇曳。布卢姆想起那日早些时候赛门演唱《玛莎》里的咏叹调的情景，或从此时此刻算的话是前一天。他告知斯蒂芬，那支曲子"唱得十全十美，把那一段简直唱活了，事实上把所有别人都比下去了。"于是，有一瞬间，他父亲的罪过将因他以往的荣耀而有所淡化。

在这本书的最后一节、众所周知的莫莉·布卢姆的独白里，莫莉提到自己住在安大略街、约翰·斯坦尼斯劳斯·乔伊斯和他妻子婚后第一个住处的所在地，她和她的丈夫仿佛一直在追着斯蒂芬，贯穿整本书。斯蒂芬的母亲已逝，父亲被置之不理，他们变成可能替代他父母的角色。布卢姆具备了某些约翰·斯坦尼斯劳斯的喜好，像是津津有味地吃"牲畜和禽类的内脏"，还有他的某些性格特征，像是他爱读《趣闻》这类杂志。相应地，斯蒂芬变成布卢姆儿子的角色，替代他死于襁褓中的儿子茹迪，恰如斯蒂芬的哥哥约翰·奥古斯丁一样，他是家中的第一个儿子，出生在安大略街，死于襁褓中。

在这段独白里，赛门·代达勒斯再次走出幻影，成为一个实实在在的人，莫莉回忆起他，回忆他与她合作的一次二重唱：

> 还有赛门·代达勒斯也是他出场总是灌得半醉的先唱第二段歌词他爱唱旧恋新欢还有山楂树杈上那姑娘的歌声真甜美还总短不了调一点儿情那回我和他在弗雷迪·迈耶斯的私人歌剧音乐会上唱《玛丽塔娜》他的嗓子真好听真响亮菲比我最亲爱的再见吧心上的人他总是唱心上的不像巴特尔·达西唱心伤的再见当然他是天生的好嗓子一点也不拿腔拿调就像是热水淋浴一样将你全身都笼罩在里头了玛丽塔娜呀山林鲜花呀我们唱得很精彩可惜对我的音区来说太高了一点就是变调也还是高那时节他已经和梅·古尔丁结婚了可是他言语之间或是行动之中总是有些丧气的意思现今他成了鳏夫我纳闷他的儿子是什么样的一个人他说他是作家将要当大学教授教意大利文……

*

一九二二年《尤利西斯》问世之际，约翰·斯坦尼斯劳斯·乔伊斯租住在梅德卡尔夫一家人位于克劳德路的寓所，地点在英语讲得最好的德兰康德拉。随着詹姆斯·乔伊斯的名气日渐增长，他继续珍藏着他父亲给他的几幅家族画像，并希望再添加一幅他父亲的画像，由爱尔兰画家帕特里克·J.图伊来完成，他把这幅画像挂在他巴黎的公寓内。（在将这幅画运出都柏林前，标题误写成了"赛门·乔伊斯的画像"，从而让两个父亲，一个是书里的、一个是实际生活中的，合二为一。）连斯坦尼斯劳斯也赞赏其逼真性，称这幅画"出色传神地表现了那位老爱尔兰人……活灵活现"。相应地，有人给约翰·斯坦尼斯劳斯·乔伊斯看了布兰库希所绘的他儿子詹姆斯的抽象人物画，由一组直线和螺线组成，他的评论是："吉姆比我上次见到他时变了不少。"他无论走到哪里，永远带着这套不变的冷面幽默。

美国作家罗伯特·麦克艾尔蒙在他与凯·博伊尔合写的书《天才齐聚》里，回忆一九二五年一次去都柏林：

> 在巴黎时，乔伊斯已向我介绍过帕特里克·图伊，一位肖像画家，给乔伊斯和乔伊斯的父亲绘过肖像，当时他在都柏林教一门艺术课。我到了那儿后，他带我去见老乔伊斯先生，他可真是一位令人称奇的老叟。他坐在床上，用炽热的目光打量图伊和我，抱怨他身子弱。事实是，他不喜欢过于劳动自己，但他按了铃，他的女房东端来大麦茶，我们三人坐定，准备开一瓶我们带去的都柏林威士忌酒。他信誓旦旦地对我说，他很喜欢他的儿子詹姆斯，可这小子彻底疯了；但他还是不由得钦佩这家伙，因为他如实地描绘了都柏林，

许多次让他咯咯笑出声。我从未见过一张脸比乔伊斯老人的更认真热切。

这位老人住的家庭旅馆是我以前在纽约见过的那种。那位女房东是个不算太心地纯良而有点得过且过的爱尔兰妇人,她抱怨老人给她添的麻烦和活儿,但她似乎乐意招待他住在她家里,并夸耀她本人的自我牺牲精神。在我告辞前,乔伊斯先生已成为我眼中的街头政治家和活跃于社交场合的老者,诚如《尤利西斯》里所展现的一样。

正如想象约翰·B.叶芝在纽约他住的家庭旅馆收到他儿子出版的书——《绿盔》《责任》《库勒的野天鹅》《麦克尔·罗巴蒂斯与舞者》,这些书仿佛是寄给死去的人——让人觉得不可思议一般,同样令人匪夷所思的是想到约翰·斯坦尼斯劳斯·乔伊斯在都柏林他住的家庭旅馆拿到一九二二年问世的《尤利西斯》,又在一九二九年、他八十岁生日前后,收到寄给他的精装版的《关于闪和肖恩的故事》。那情景令人想到《芬尼根的守灵夜》里的画面,一个"最低最外处的居住者,那里只有死者的声音能到达,因为汝从我身边离开,因为汝在我上面笑,因为,啊,我孤独的/唯一的儿子,汝在将我遗忘!"。①

不过约翰·斯坦尼斯劳斯·乔伊斯的儿子什么都没忘记。他

---

① 这段摘自《芬尼根的守灵夜》的引文,译文采用的是2013年上海人民出版社出版、戴从容翻译的版本。

远离都柏林的举动也没有化解任何事。他的父亲仍赤条条、活生生地存在着。乔伊斯发现，在他对约翰·斯坦尼斯劳斯的认识和他对其的感情之间，有着如此萦绕于心、令人着迷的距离和空隙，因此他打造了一种风格，能够再现这一空隙的颤动的多义性，既要表现出宽厚，又要忠于事情的原貌，呈现出多面、完整的现实，更确切地说，是痛苦、悲惨的现实。

然而，那种风格虽取得了预想的效果，却没使任何事尘埃落定，或让乔伊斯停止自责，仿佛所有伤害都是他一人造成的。在他父亲过世后不久，詹姆斯·乔伊斯唯一的孙儿出生。这个孩子被取名为斯蒂芬。在他降世那日，乔伊斯写了一首诗，《瞧这小男孩》：

> 自黑暗的过去
> 一个孩子降生；
> 喜悦和忧伤
> 撕扯我的心。
>
> 摇篮里静静
> 躺着这个生命。
> 愿爱与慈悲
> 让他睁开双眼！
>
> 年轻的朝气吐露

在镜子上；
不年轻的世界
映现。

一个孩子在熟睡：
一位老人走了。
孤苦的父亲啊，
请原谅你的儿子！

致　谢

　　感谢埃默里大学的罗恩·舒哈特教授和杰拉尔丁·希金斯教授邀请我做上述讲座，感谢他们和他们同事的热情友好的招待。

　　这几篇讲稿也刊登在《伦敦书评》上，感谢丹尼尔·索尔的精心编辑。

　　此外，我还想感谢帕特里克·鲍尔，感谢他在当年报道王尔德/特拉弗斯诉讼案上所做的细致、勤勉的工作。

　　同样，我还要感谢卡特里奥娜·克罗、埃德·马尔霍尔、赛奥娜·麦克里莫恩、我的经纪人彼得·施特劳斯、英国企鹅出版社的玛丽·芒特、美国斯克里布纳出版社的娜恩·格雷厄姆，以及照例，感谢安杰拉·罗恩。

Colm Tóibín
Mad, Bad, Dangerous to Know: The Fathers of Wilde, Yeats and Joyce
Copyright © Colm Tóibín 2018
Simplified Chinese edition copyright © 2025 Archipel Press
This edition arranged with ROGERS, COLERIDGE & WHITE LTD. (RCW)
through Big Apple Agency, Inc., Labuan, Malaysia.
All rights reserved.

本书出版获得 Literature Ireland 资助，特此鸣谢。

LITERATURE IRELAND
Promoting and Translating Irish Writing

图字：09-2024-0597 号

图书在版编目（CIP）数据

王尔德、叶芝、乔伊斯与他们的父亲 / （爱尔兰）科尔姆·托宾著；张芸译. -- 上海：上海译文出版社，2025.1. -- ISBN 978-7-5327-9715-8

Ⅰ. I562.065

中国国家版本馆 CIP 数据核字第 2024VW5851 号

王尔德、叶芝、乔伊斯与他们的父亲
[爱尔兰]科尔姆·托宾　著　张芸　译
特约策划/彭伦　郭歌　责任编辑/徐珏　封面设计/吕袭明

上海译文出版社有限公司出版、发行
网址：www.yiwen.com.cn
201101　上海市闵行区号景路 159 弄 B 座
上海市崇明县裕安印刷厂印刷

开本 889×1194　1/32　印张 6.75　插页 2　字数 105,000
2025 年 1 月第 1 版　2025 年 1 月第 1 次印刷
印数：0,001—6,000 册

ISBN 978-7-5327-9715-8
定价：69.00 元

本书中文简体字专有出版权归本社独家所有，非经本社同意不得转载、摘编或复制
如有质量问题，请与承印厂质量科联系。T：021-59404766